LATİFE TEKİN • Gece Dersleri

LATİFE TEKİN 1957 yılında Kayseri'nin Bünyan Kazası'na bağlı Karacafenk Köyü'nde doğdu. Dokuz yaşında ailesiyle İstanbul'a geldi. İlk kitabı *Sevgili Arsız Ölüm* 1983 yılında çıktı. Ardından *Berci Kristin Çöp Masalları* (1984), *Gece Dersleri* (1986), *Buzdan Kılıçlar* (1989), *Aşk İşaretleri* (1995), *Ormanda Ölüm Yokmuş* (2001), *Unutma Bahçesi* (2005) (Türkiye Gazeteciler Cemiyeti 2006 Sedat Simavi Edebiyat Ödülü) ve *Muinar* (2006) adlı romanları yayımlandı. Değişik üslubu ve yaklaşımıyla 1980 sonrası edebiyatın önde gelen isimlerinden biri olan Latife Tekin'in romanları İngilizceden Farsçaya pek çok dile çevrildi.

Adam Yayınları, 1986 (5 baskı)
Metis Yayınları, 1999 (1 baskı)
Everest Yayınları, 2004 (1 baskı)

İletişim Yayınları 1811 • Çağdaş Türkçe Edebiyat 254
ISBN-13: 978-975-05-1013-4
© 2012 İletişim Yayıncılık A. Ş.
1. BASKI 2012, İstanbul
2. BASKI 2016, İstanbul

EDİTÖR Bahar Siber
KAPAK TASARIMI Gürel Yontan
KAPAK UYGULAMA Suat Aysu
KAPAK RESMİ Gürel Yontan
UYGULAMA Hüsnü Abbas
DÜZELTİ Melis Oflas
BASKI Sena Ofset · SERTİFİKA NO. 12064
Litros Yolu, 2. Matbaacılar Sitesi, B Blok, 6. Kat, No: 4NB 7-9-11
Topkapı, 34010, İstanbul, Tel: 212.613 38 46
CİLT Güven Mücellit · SERTİFİKA NO. 11935
Mahmutbey Mahallesi, Deve Kaldırım Caddesi, Gelincik Sokak,
Güven İş Merkezi, No: 6, Bağcılar, İstanbul, Tel: 212.445 00 04

İletişim Yayınları · SERTİFİKA NO. 10721
Binbirdirek Meydanı Sokak, İletişim Han 3, Fatih 34122 İstanbul
Tel: 212.516 22 60-61-62 • Faks: 212.516 12 58
e-mail: iletisim@iletisim.com.tr • web: www.iletisim.com.tr

LATİFE TEKİN
Gece Dersleri

iletişim

Sevgili Mukaddes
bu kitap sana armağan

Gece Dersleri, gecelerden bir gecenin geçmiş ve gelecek karanlıklarına, ay ve yıldızlarına "Güzel küçük gece of.." diye iç döken kadife çiçeği gibi yumuşak bir fısıltıyla başladı. Bu kez, güneşin kızgın ışıkları altında parlayan masmavi aynalardan, cesaretin kudretinden söz açan ruhlar, gece evlerinin sokaklarında sinsice gezinen genç bir militanın solgun anılarını ve soluk kesen itiraflarını dinlemeye geldiler.

Gece evlerinin sicim gibi ince ve eğri sokaklarından geri geri çekilip öldürülme korkusunun şiirini bir sağ arkama bir sol arkama sıçrayarak okuyup bir ayağımı ürpertilere atıp güp diye yürek çarpıntılarına düşüp üstümü başımı rezil ettikten sonra davamızın geri kanatlarına konup gözden yitecektim. Islak ve tenha caddelerdeki otobüs duraklarında halkımızın kız evlatlarına yön vermek maksadıyla bir yıldız gibi parlayıp yeniden gökyüzüne ağacaktım. Gelenler kim olduğumu yorganların altında titreyerek tanrılarına soracaklardı. Saygı dolu gizli buluşmaların heyecanıyla ruhları çırpınacak, çırpınacak ve ben kanlı kızıl bir mermerle küt diye kafalarına vuracaktım. Ne çok hayat beyaz sedef tırnaklı ayaklarımın altından akacaktı. Yağmurlu bir sonbahar sabahı kalbimin derinliklerine politik bir hüzün sızmasaydı.. Ben, bu sızma esnasında yoğun acılar çekerek sahip olduğum gerçek bir hayat parçasını sıcak, karanlık bir boşluğa düşürmeseydim..

Gözlerimin çelik ayna olduğu, günlerimin beyaz kuşların gagaları gibi güzel kırmızıya çaldığı, kör sabahta kalktığım, gözlerim kan çanaklarda pankart çıtası çaktığım, slogan sorumluluğu yaptığım, süzgeç yöntemiyle polis atlattığım, ebruli bulutlara pul savurduğum, ay solunca uykulara daldığım, on yıl gece evlerinin dış yüzünde dolandığım hayatım tangırlana yuvarlana, tangırlana yuvarlana göçüp giderken, ben ardından nemli gözlerle baktım ve üçüncü kez aynı eski yüzlü koltuğa hış diye yığıldım.

Bu gece mahrem görüntülerim üstümde

On sekiz yılın taze fidanıydım. Adım da zaten Gülfidan'dı. Yan yana oduncularla eski yazlık sinema sokağında, küçük bir gece odasında toplaşmış kırk kadına karıştım. Kim olduğum sorulduğunda, kırk kadının gözlerinin içine duygulu bir kuşun resmini astım. Kuşun başını usulca yana büktüm. "Kadınların yalnız oldukları bir evden geliyorum," diye inledim. Yaprakların ılık bir rüzgârın etkisiyle hışırdadıkları bir ilkbahar günü, öğleden sonradaydı. Belleğimde saklı duran mahrem bir görüntüyü kırk kadının merak dolu bakışlarına uğradığımdan güneş ışığına çıkardım. Gece odasında toplaşmış oturanlar, soluk çırparak taş bir mutfakta kanayan parmağına ağlayarak bakan genç bir kadının solgun suretine eğildiler. Kömür karası saçlı annemin bir hayat boyu parmaklarını yüzlerce kez bıçakla kesip kanattığını, bir ucunu dişlerine taktığı renkli basma parçalarını kanayan parmaklarına ağlayarak sardığını anlattım.

O bahar günü öğleden sonra, küçük gece odasında ince kız seslerimi döktüğüm masum kalıp ilk seminerin büyülü gerçekliğine çarparak parçalandı. Mesele: Çok zamandan da önce kadınlar meyva toplardı, erkekler ava çıkardı. Mesele: Buzullar ılımlı bölgelere doğru kayardı. Mesele: Ilımlı bölgelerde bitmez tükenmez yağmurlar yağardı. Mesele: Üretici güçlerin ilerlemesi Kromanyon soyu denen bir insan soyu meydana çıkardı. Mesele: Kendi taze yüzümü cahilliğin kara çamurlarıyla sıvanmış sandım. Bir utanma, üç öksürme, dört damla yaş beni gördü. Az yana kaçtım. Belimden üst yanımı seğirmeler dalayınca heyecanla çarpıştım. Yara bere içinde babamın traktörle tavşan avına çıktığı karlı gecelere saklandım. Karların üstünde büzülmüş soluklanırken atlılar takırtılarla üstüme gelince, annemin bahçemizden meyva filizleri topladığı eylül ikindilerine doğru koşmaya başladım. Kırmızı sular akıtan bir ırmak kenarında Bürümcekli devler karısı karşıma çıktı. Sürünerek yanına yaklaşıp yerdeki memesine ağzımı dayadım. Dilim sütüyle ıslanınca saçlarından tuta tuta gökteki dudağına tırmandım. Bulut köklerinden fışkıran iğde ağaçlarının dallarında sallanınca düşüp parçalanacağımı, dağılıp kaybolacağımı anladım. Kırk kadının, "Bir şeyler yapmak lazım.. Bir şeyler yapmak lazım.." diye titreyen ses tellerine tüm kalbimle uzandım ve halka gibi halka gibi ateşleri boynuma takıp, "Dernek defterine beni de yazın!" cümlesinde soluklar içinde kaldım.

Ay ruhlar! Kara deryaların feneri hayatımın kırık parçalarını bile toplayamadım. Sonbahar donuk sarı rengiyle şap şup basarak geçti yüzümden. Gözlerimin içindeki bebekleri, lacivert kuyular gibi derin tebessümler çizen dudak kıvrımlarımı koruyacak kadar bile güç bulamadım. Aynı eski yüzlü koltuğun üstünde, dıştan bir kalıbı andıraraktan, iyice kısarak ciğerimi durdum ve fısıldandım. "Sekreter Rüzgâr kod adıyla koskocaman bir sitenin zemin katında genç yaşta mahzun kaldım. Yuvarlanıp giden hayatımın hayali, halkımızın bendeki hatırasına yüz çevirdi. Henüz şoku atlatamadım. Yıllar ve yıllar sonra doğduğu evde kendini arayan bir ıstıraplıdan farksızım. Adımı ve kim olduğumu aklıma getirmekte güçlük çekmekteyim ve deliksiz bir uykuya zorlanmaktayım."

Ey kızıl kanatlı öncü kadınlar müfrezesi,

Dışarda caddeler yer değiştirmiş, fabrika kapıları kırılmış, gece evlerinin tavanları çökmüştür korkarım. Ama benden bir hayır ummayın. Teklifinize uyup kırgın bedenimi ölümle dalaştıracak halim yok. Söyleyin, küçük bir iplik fabrikasına işçi girmemi isteyen fikrinizden nerde çıkayım? Gönüllerinizin gözleri üstümden uzak olsun. İşçi olmak düşlerime denk değil. Süt kokulu soluğumla tuttuğumdan daha tazecik bir hayatı ele geçirme hayallerinin peşinden koştum. Ancak dalağıma ağrı saplandı. Boğazım ve göğüs kafesim de hıçkırıklara sahne oldu. Şimdi uzak ve silik görüntülere bakmaktayım ve tek bir duygu bile oluşturamamaktayım.

İllegalitenin masal yazıcısı Gülfidan,

Bizler omuzlarımıza yüklenen ağır görevler altında ezilirken sen hep düğüne gittin. Gökteki yıldızlar ve ormandaki ağaçlar kadar çok hayal kurdun. Grev çadırlarında yenen yıldızlı börekler ve fabrika bahçelerine dikilen dayanışma fidanları senin sapkın gönlünün marifetleriydi. Bir gün, yüzünde yaratıcılığın sevinçli izlerini taşıyarak çıkageldin ve kocaman caddelerden birine çıkıp beyaz başörtülerimizi asfalta bırakmamızı teklif ettin. Sen bir deccaldin. Başkanımızı sabaha kadar duygulu sözler, fısıltılar ve inançla titreyen haykırmalarınla etkiledin ve onu çocukları örgütlemeye ikna ettin. Sayısız bela açtın başımıza. Şimdi davamızın devamı için bir iplik fabrikasında işçi olarak çalışmayı, bir nefer gibi savaşmayı küçük bir görev sayıyorsun.

Gülüm,

Halkımızın güneşli geleceğine iç organlarımı adamaktan kaçtığımı sanmayın. Karnımdan nefes alarak en güzel marşları nasıl kalbimin zarını yırtarak okuduğumu hatırlayın. İplik tozları ve mekikler değil beni iki yüzü kara yapan. Burada, bu eski yüzlü koltuğun üstünde, bahçe demirlerinden toprağa düşen yağmur damlalarını sayarken, kulağımı huzursuzlandıran bazı şeyler duydum. Esmer tenli ve kara saçlı tüm öncü kadınlar, tanınmamak için saçlarını sarıya boyatmışlar. Küçük lülecikler ve iri dalgalarla süslemişler alınlarını.. Çerçevesinde üç çift ışıltılı taş bulunan kelebek kanadı gibi gözlüklerle örtmüşler burunlarını. Bazı zengin akrabaların gardropları ve makyaj portföyleri yağmalanmış. Beni sayısız tehlikeden, haksız eleştiriden koruyan ve sevgisiyle yüreğimi ferahlatan Başkanımız da yok olup yerin altına geçmiş..

Sekreter Rüzgâr,

Klara Zetkin'in ruhu, artist kılığında ete kemiğe bürünüp Başkanımızın suretini giyindi ve Bağdat Caddesi'nde gezinerek onu korudu.

Güzelim,

Ateşli kışkırtmalarınız beni zayıf bir anımda yakaladı. Sönmeye yüz tutmuş bir mum alevi gibi titreyen bedenimi yormak pahasına, Bağdat Caddesi'nde, bir halk otobüsünün arka camında mahzun yüzümü canlandırmaktan kendimi alamadım. Onun kaldırım kenarında kırıtarak yürüdüğünü görünce gözlerim faltaşları gibi açıldı. İçim de bir tuhaf oldu. Saklandığı evde bütün bulaşıkları ona yıkattırdıklarını duydum. Bu yüzden dudağının hep sarkık, yüzünün de asık olduğunu söylediler. Kendimi upuzun bir duanın serin sularına atmaya kalktım ve gülerek yerlerde öyle çok yuvarlandım ki yüzüm parçalandı.

En gizli selam ve sevgilerimle

Kışın ortasında akşamın bir vakti, köpek karı, karın köpeği, kendi yangın ağzımdan çok köpeklerin ağzına layık bulduğum ilk kar, o benim gittikçe karalanan halime aldırmaz beyazlığı ve hafifliğiyle Türkçesi yağdı. Gökyüzü meleklerinin benim hatırım için kar taneciklerini o yıl eflatun rengine boyayacaklarına inanmıştım. İçimde hiçbir kuşkuya yer bırakmaksızın.. Artık Sekreter Rüzgâr kod adıyla durup duran kalıbımın içinde azar azar küçülerek yok olacağımı anladım ve korkarak ağladım. Kocam ellerimi ellerine alarak, "Ya oyun olsun diye küsecek kar aradın," dedi, "ya da eşşek durumun sahiden umutsuz." Köpeğin karı ıpıldanarak sokak lambalarının altına yağarken, alnının bana acıyan kırık çizgilerine baktım, canımın ta en içinden, "Umutsuz! Umutsuz!" diye iki çığlık alıp attım ve gözlerimin kapaklarını küt diye kapattım.

Gittikçe hız alan soluklanmalarla, üçüncü kez başını alıp giden hayatımın, bana bıraktığı kalıntılara ulaşmak maksadıyla bir balık atı gibi, bir yarış balığından farksız karanlık suları günlerce kovaladım. Ta altta, budanmış ormanlarıma, yakılmış yapraklarıma rastladım. Kızıl kanatlarıyla ağır ağır kül süpüren, ekose etekli, topuksuz ayakkabılı, kaşları hiç alınmamış, saçları erkek saçı gibi kısa genç bir kadın mırıldanarak marş söylüyordu. Çelik adımlarla yürüyerek yanına yaklaştım. Beni görünce dehşete kapılıp yerinden sıçradı. "Postalları cinli iya! Postalları cinli iya!" diye çığlıklar atarak deli gibi koşmaya başladı. Polis korkusuyla paniğe uğradığını anladım. Onu ferahlatmak için, "Nostaljiya.. Nostaljiya.." diye avazım çıktığı kadar haykırdım. Saçlarını ve kanatlarını savurarak gözden kayboldu.

O benim aynamdı ve aynımdı. O benim taraklı ayaklarımdı. Serçe tırnakları gibi ince parmaklı iki elimdi. Hep içeri bükük utangaçlı boynumdu. Kamer Hala'mın parmak izlerini taşıyan burnumdu. Şeker pembe dilimdi. Taş yanığı, yaralı dizlerimdi. Uzun uzun arka odalarda yorganların altında yatanımdı. Ağlayarak uyananımdı. Petoğlan'ımdı.. Ali'mdi. Kötü kızımdı. Ardından küllerin üstünde kederle mırıldandığımı duymadı. Peşinden koşan mahzun bir hayatsızın kalbini kırdı. Ne çok aradım onu karanlık sularda, buldum sonunda bir çamur kuyusunda. Benden ona: Ver elini çekelek. Ondan bana: Ben sana küselek. Benden ona: Ver elini çekelek. Ondan bana: Ben sana küselek. Benden ona: Ben de sana tepelek, tepelek..

Örtülü, ağırbaşlı sevgilerini taşıyan zaman küt diye kırıldı işte.. Hayat bir kere daha, zamanı altın bir zincire benzeten babasını haklı çıkardı. Uzun yıllar ona durmadan bok böceği masalını anlatan, soluk alıp vermeyi bir hava çubuğuna altın halkalar dizmek diye gören insanları doğruladı. Gülfidan, başına çıkanlar yüzünden, daha doğrusu onlara inat – kulakları iki gözyaşı kuyusu olduğunda bile atlayıp gitmeyi bilmiyorlardı– zamanı adi bir değnek parçasına, paslı bir tele benzetenlere katıldı. O kırılan bir şeyse niye ona boklu bir ipliğe davrandığım gibi davranmayayım. Üstelik onun yeşil çiçekli perdelerden öteye geçemediğine, çift camlı bir pencerede son bulduğuna, canı solmadığı sürece gözleri şahitlik edebilirdi. O, zaman denen hayırsız değnek kırılınca, son bir gayretle uzanmış, perdelere tutunmaya çalışmıştı. Sonuç: Şangırtılar âleminin başının üstüne göçmesi..

Bir çığlık bile atamadan, yırtık perdeler ve kanlı cam kırıklarıyla aynı hayal içinde geçmişe yuvarlandım yine.

Mukoşka, ah Mukoşka.. Benim güzel kız kardeşim, papatyam, kıvırcık güvercinim.. Kanatlarının altından öpmek istiyorum, niçin? Hiç sevişmeyecek miyiz seninle, söyle.. Biliyorum, gözlerinin beyazını pembeye boyayarak, "Bilmem, belki de sevişiriz," diyeceksin, "sabahları ağlayarak yürüdüğümüz merdivenli sokağın şerefine.." Allah aşkına anlat bana, geçmişte özleyeceğimiz ne var? Kırpık kırpık zaman parçalarının, bir sürü cinnet resminin ortasında ne gezinip duruyorum ben. Şuraya bak: Dayak yedikten sonra ikimiz gülme yarışı yapıyoruz. Söylesene vahşi bir hayat değil miydi bizimki!.. Şu kırık dökük eşyalar, tozlu marleyler, arka odadaki kirli yatak, beni evin içinde sürüklenip dururken gördükçe nefretten ağlayacak hale geliyorum. Kırılmaz ve paslanmaz bir zamana sahip olmak için çok mu öfke gerekli bana. Biliyorum, "Bizim üstümüze," diyeceksin, "hiçbir zaman öpücükler koşarak düşmedi.." Sık sık geçmişe yuvarlanıp o cinnet resimlerinin arkasından renk renk intikam duygusu çıkardık ve boğa gibi azgın bir hırsla biz kovaladık onları.. Çok iyi biliyorum, Mukoşkacığım, canım kız kardeşim..

Kulağımdaki hışırtıları dinleyince, göğsümdeki su rüzgârlarını, kalbimdeki gençlik çarpıntılarını, anladım. Çok kederli sesleri getirmeye gitmek bana farz oldu. Kaderimin Hz. Ali'nin küçük oğlunun kaderine benzediğine iyice inandım artık. Beynimi ağrılarla deşip düşündüm. Gülfidan'ı Dev Sefid'in zindanından kurtarıp yılan gibi ruhuma dolanan bu masal zamanından nasıl kaçarım?

"Ey bedenimi saran yoksulluk, senden tiksiniyorum," dedim, eski kot pantolonumun üstüne tüyleri top top olmuş, ilmikleri salınmış siyah kazağımı giydim. Pantolonumun bozuk fermuarına çengelli bir iğne taktım. Dışarı çıktım. Kar, "Lapa lapa lapa," dedi, "Dev Sefid de King Kong gibi erkek, ha?" Kocaman, suluboya bir resmin içinde küçük, kımıltılı bir gölge gibi ilerledim. İzleniyorum! Tepeden tırnağa ürperdim. Gizli bir buluşma için güçlükle biriktirebildiğim cesaret.. kalbime saplanan korku.. bedenimde açılan sızı kanalları.. kara karışan öfke.. Beni kim izleyecek, polis mi? Kocaman suluboya bir resmin içinde polis.. Hayır, hayır.. Yine de kalabalık meydanlardan ıssız sokaklara, yeniden meydanlara, bir kez daha ara sokaklara girip iyice emin oluncaya kadar kendimi süzdüm. Vapura atladım, dalgaları geçip martı çığlıklarından sıyrıldım. Minibüslerin, trenin hızıyla gözlerimden kıvılcımlar çıkartarak uzaklara, çok uzaklara gittim.

Geçip giden gündüz aydınlıkları ve geceler ikimizin de yüzünü hırpalamıştı. Ortaklaştırdığımız sözcüklerin mavimsi büyüsü bozulmuş, ıpılık buğusu da uçup gitmişti.. Saygı dolu gizli dostluğumuz geçmişe ait silik bir lekeydi artık.. Ona, yırtık perdeler ve kanlı cam kırıklarıyla aynı hayal içinde aylarca sürüklendiğimden söz etmedim. Rüyama giren, beyaz, parlak, metal ve yuvarlak slogan kutularından, kapaklarına yapıştırılmış etiketlerin üstünde "Tarla fareleri için zehir" yazdığından da.. "Saatimin ideolojisi sapık!" diye beni haykırtan, sayıklatan uykularımdansa zaten istesem de söz edemezdim.. Nasılsın, iyiyim, sen nasılsın.. İyiydi. "Kaçık çoraplarımı bu çizmeler örtüyor Allahtan," dedi. Kol kola girip caddeyi geçtik, tek katlı evlerle örülü, usulca inip kalkan göğsümüze gözlerini dikmiş, adımlarımızı denetleyen, dilimizi kımıldatmamıza izin vermeyen öldürücü bir sessizliğe geldik. Dudaklarındaki pembe sedefli rujdan, meçli saçlarından utandığını sezdiren tedirgin bükülmeleri, kıpırdanışları.. Kirpiklerindeki hüzünlü hışırtı.. Ah işte gidenlerin geri dönmeyeceği yollara saptım..

Derinliği boyumu aşan, çırpıntılarla tenime yayılan kan gibi ılık sularda ilk yırtıcı canavarla karşılaştım. Tutukluk.. Oldukça soğukkanlı davrandım. Yavaşça dudaklarımı araladım, yanaklarımda eğri gamzeler açarak mızraklı bir fısıltı çekip aldım, fırlattım ve onu alnının ortasından vurdum. Sevinçle yanına sokuldum. Yüzüne eğildim. Kaşlarını perdeleyen saçlarına parmaklarımı değdirerek, "Pembe ruj," dedim, "dudaklarına çok gitmiş.." Yüzünde beliren, sonra çabucak kırılan incecik bir tebessümle kadınlığını ansızın elime verdi. Şehrin uzağından geçen, içten içe yalana doğru kıvrılan o kuytu sokakta, kırk yaşında bir kaçağın, bu ufalanmış kadının "Dudaklarına çok gitmiş" gibi zavallı bir cümleyle insanca tazelenişi içime oturdu ve sevgiyle kalbimin kapakçıklarına dokundu.. Yüzüne yayılan baygınlığı telaşla kovaladı, yan yana birbirimize hafifçe dokunarak yürüdüğümüz saatler boyunca bana sunduğu bu biricik pırıltıyı da geri aldı hemen.. Kaşlarını çattı, avuç içi kadar küçük, güzel yüzünü buruşturdu, gözlerimi kirletti, kulağımın çok iyi tanıdığı, konuştukça kendini coşturan sesiyle beni suçlandırdı, susturdu.. Kanat çırpan kuşları görüyor muymuşum!.. Görüyordum ve onlarla birlikte buzlu, beyaz bulutlara gidip gezinmeyi, ağır ağır gözlerimi yıkamayı çok istiyordum.. İşte o kuşlar, davamızın sembollerinden biri haline gelmişse eğer.. Niçin, niçin işçi olmayı istemiyormuşum!..

Varlığımın gizlilik duygusuyla sarmalandığını, kendimi yabancıladığımı, baş döndürücü bir bulantıyla sarsıldığımı hatırlıyorum. Oraya, bana hep aykırı bir sevinci anlatan deniz kıyısındaki o küçük cami avlusuna vardığımızda yüzüm artık burkulan dalgalara çevrildi. Küçük tahta arabalarını, Boğaz'ın serin sularından köpükler fışkırtarak çekip götüren atları düşledim.. Benim ilkel, sözde duygulu cinlerim, yüzlerce atın buz gibi soğuk bir havada denizin üstünde sulara bata çıka koşturmasını niye istediler ki.. Ta dokuz yaşındayken bu şehri ve bu suları ışıklar altında ilk kez gördüğümde, belleğimde sakladığım tahta arabaları ve atları denizin üstüne bıraktığım geceyi, bu gündüz ışığında canlandırmaktan nasıl bir çıkar umdular acaba.. Sinsi bir sessizlik içinde taşıyamadığım ağırlıkları o küçük tahta arabalara yüklemek için apaçık kışkırtıldım.. Yoksul yolcu vapurlarının gidip geldiği lacivert yolu, martı otlaklarını, küçük bir kızın köylülük atları az kalsın talan edecekti.. Neyse ki, "Çengel, kanca gibi lafların ne ilgisi var benimle," dedim, "komplocu değilim ben, sen de değilsin.." Ona el sallamak için döndüğümde yüzüme çarpan rüzgâr da hıçkırtmadı beni..

"Bir hıçkırık krizi gibi kadınca bir suç değilse bile, oracıkta gayet erkekçe bir sara nöbeti armağan edebilmeliydin kendine.. Doğrusu beni hayal kırıklığına uğrattın.."

"Niyetin ne biliyor musun? El emeği, göz nuru bir duyguluk bulup yakama takmak.. Beni sulu gözlerle ordan oraya dolaştırıp rezil etmek.."

"Saçmalama, duyguyla filan alakası yok söylediğim şeyin.. Sadece.. Ah tabii boşuna.. Yine yanlış anlaşılacağım.."

"Hülyalı gözlerle uzak kıyılara bakıp beni etkilemeye çalışma.. Aldanıyorsun.. Her şey ortada, bana yakıştırdığın kod adına bak.. Sekreter Rüzgâr! İnsanlar kod adımı gözleriyle değil burunlarıyla okusunlar ve yanık bir sekterlik kokusu alsınlar istiyorsun.."

"Bu güzel bayan, durup dururken insanların genzini yakmamı istemiyor, öyle mi? Prenses, acaba size Handan Aslıhan, Ayşe Hatun, Bercihan Sultan gibi iç ferahlatıcı, gönül tazeleyici kod adlarından birini sunabilir miyim?"

"Pis ihbarcı! Şak diye bağ kuracaklar ve yakayı hemen ele vereceksin."

"Sen, sen nesin gülüm ve güzelim benim? Tatlı bir kır çiçeği mi sanıyorsun kendini.. Bir ayna arsızısın sen kızım.. Hayatta iflah olmazsın.. Kafana hep aynayla vurmuşlar senin.."

"İşte bu söylediğin yalan, hem de beyaz, kırmızı filan değil düpedüz kapkara bir yalan.. Benim kömür karası saçlı annem, herhangi bir saldırıya maruz kaldığımda, 'Sakın kafasına vurmayın!' diye hep çığlıklar çıkartan bir kadındı, üstelik beni bir defacık bile beşikten düşürmeye kıyamadı, saçların sivri uçlarından beynimi inanılmaz bir dikkatle korudu ve zaten bu yüzden sara nöbeti filan da geçirmem mümkün değil, hem ayrıca ben.."

"Hem ayrıca sen soyutlama yapma yeteneğinden yoksun hayırsız bir evlatsın.. Gerçi az önce cinlerinin seni kışkırtmasına kapılmadın. Tahta arabalarını ve atlarını hemen geri çektin ve mutlak bir deniz faciasını önledin. Bir sürü insanın hayatını sevdiklerine bağışladın.. Ama beni yabancı bir teyze sanmakla büyük hata ettin.. Söylemek zor olsa da bilmek hakkın.. Ben senin annenim, annenim, canım biricik yavrum.."

"Anneciğim! Anneciğim!" (Sürekli hıçkırıklar.)

"Senin bukle bukle saçlarını okşayarak bil bakalım hangi ninniyi söylerdim.." (Gözlerini yana kaydırarak:)

O daha bir çocuk lay lay la
Dünyayı aynadan seyrediyor
Ne bilsin sahici insanlar olduğumuzu
Hepimizi gölge zannediyor lay lay la

Sekreter Rüzgâr anlatıyor ve diyor ki: Bu kez alaycı yüzlü, yıpranmış saçlı, olgun ve etkileyici bir öğretim görevlisi kılığında göründü sureti. Gerçi, konuşurken sesi içimde inanılmaz karşılıklar bulmuyor değildi ama benim kömür karası saçlı annem oldukça eski bir ölüydü. Onu yabancı bir teyze sanmakla hata ettiğim doğru. Evlenme cüzdanındaki fotoğrafı kadar genç, siyah tüller içinde, son gecelerde kocamla zina halinde rüyama giren kadından kurtulamayacağımı tahmin etmeliydim.

Unutacak kadar eskide ve galibada kaldı hepsi

Yirmi yıl kadar önce tek başıma sininin kenarına diz çökmüş kahvaltı ediyordum. Benim uyluk kemiğinden ve çamurdan yapılma altı kardeşim dutlukta top oynuyorlardı. Babam cumada onlar da cumbadaydı: Annem ve kardeşimin kirvesi.. Sırtım onlara dönüktü. Yanağıma usulca dokunan bir esinti başımı geriye itti. Ateş ve baruta doğru. Annemin eli güneş tozlarının pırıltısında birden kayboldu. Kepçe balıklarının kirli, ılık göletlerde pırıltılarla kaybolup gitmesi gibi.. Yüzüne çıkan alımlı gülümseme çabucak kasırgaya çevirdi, dudaklarının etrafında dolanıp buruldu ve gözlerine yükseldi. Eli kardeşimin kirvesinin yanağında çırpılıp ters döndü, parmakları ağır ağır ışığı perdeledi, okşadı.. Kardeşimin kirvesinin gözleri kısıldı, ağzı da açıldı.. Beyaz dişlerinden alev savruldu. Laleli divan örtüsü, kilim, sini, ekmek, bir yudum çay, titreyen dudakların arasından akan sıcak, kısacık su, kapı, merdiven, sokak yandı. Kirpiklerim ve saçlarım ütüldü. Burnumun üstü kavladı. Adımlarımın hızıyla başım döndü. Annemin dudaklarının etrafında dolanıp burulan ve gözlerine yükselen kasırga ardımı kovaladı, beni aşağı mahalledeki yıkık köşkün bahçesinde şaşkın şaşkın solunup dururken kıskıvrak yakaladı. Midemi hortumunun içine çekip aldı. Gözlerimden dehşet saçarak kıskançlıktan kusmaya başladım ve annemin âşık olmasına sinirlenip çabuk çabuk ağladım.

Aşk, ipekelinden gelen, sarı leblebi yiyen, kırmızı şarap içen çok sayılı bir misafirdi. Evet öyleydi, çok iyi hatırlıyorum.

Canım anneciğim, soran olursa ne diyecektim? – Çamaşır sodası. Duvar diplerinden pıt pıt yürüyerek bir solukta bakkala gidip gelecektim. Aşkın şarabını kırmayacaktım ve leblebisini dökmeyecektim. Ütülen kirpiklerimi makasla gizlice kestim. Saçlarımın kavrulan uçlarını kırptım. Kavlayan burnumu soydum ve rüzgâr gibi bir militan oldum..

Fısıltılarla gelen sonbaharda yakalandım. Kesekâğıdımdan hiçbir şey çıkmadı. Evimizin arka odasına kapatıldım. Bir ay tutuklu kaldım ve annemden hiçbir haber alamadım. Başgardiyan ablamdı. Ablama, annemle beni görüştürmesi için yalvardım. Bana, annemin gittiğini söyledi. Kardeşimin kirvesinin yazdığı eski bir mektubu gösterdi ve suçumu inkâr ettiğim için beni dövdü. Annemin ablamda onca yıl hiç sevgi biriktirmemiş olmasına şaşırdım. Çok iyi hatırlıyorum, şaşırdım. Yerlerde sürüklenirken, annemle benim tepelek masalına kurban gittiğimizi anladığım an, acıyla parçalandım. Merdiven gıcırtıları, ayak ve su sesleri içinde ikiye ayrıldım. Kaşık şıngırtılarının, gülüşmelerin, bağrışmaların ortasına yuvarlandım. Annemin öksürüğünü, sıcak soluğunu, gülünce ta ağzının en dibinde parıldayan altın dişini arayarak bayıldım.

Delil, ıslak bir havluydu galiba. (Dizimin üstüne yaydıklarında kurumuştu.) Anlamını hiçbir zaman kavrayamadım. Islak bir havlu aşkın neyidir ve ne anlatır insanlara...

Kaç geceyi rüyayla geçirdik, kaç gündüzü özlemle bilemiyorum, annemi de serbest bıraktılar sonunda. Uçuşan saçlarının ışıklı gölgelerini yeniden evimize getirdi. Tüm seslerini öldürdü ve içinin bilinmedik mezarlarına gömdü. Katliamdan sonra odadan odaya başı önünde girip çıkmaya başladı. Günlerce peşini kovaladım ve nihayet toplu mezarların yerini keşfettim. Kapıların ardında acıyla kıvranarak elini hep alnının ortasına koyuyordu ve yüzünden seken renklerin açtığı izlerden geçip kayboluyordu. Parmaklarıyla alnını oyduğundan, gizlice açtığı bir kapıdan tek başına içeri süzüldüğünden hiç kuşkum yoktu. Onun ölü seslerinin başında düzenlediği ziyaret törenlerinden bir gün dönmeyeceğini düşünerek çok korkuyordum ve onunla konuşmak istiyordum. Belki alnının ortasında açtığı kapıdan elimden tutup beni de seslerinin yanına götürebilirdi. Niyetim, ben ve suç ortağım bir sabah evimizin helasında yüz yüze geldik. Onu gözlemekten yorulan gözlerimin su gibi terlediğini gördü ve beni koyup gidemedi. Yavaşça elini uzatıp yanağımı okşadı. Derin bir soluk aldı, geri çekildi, başını arkaya attı, azıcık düşündü ve ikimiz için evimizin helasına, saygılı bir bekleyişle seslerinden birinin ruhunu davet etti. Beni ve onu yücelten, yakınımızda ama titreşimleriyle çok uzaktan geldiğini belli eden seslerden biri, "Söylemediğine çok sevindim," dedi. Utandım ve heyecan yüzünden başımı tutamadım. Ağır ağır inip kalkan göğsünün üstünde boynumu kıvırdım, burnumu karnına gömdüm. Elleriyle başımı kavradı, "Sen benim bunca zamandır neremdeydin, Gülfidan," diye fısıldadı, "neremdeydin kızım!.."

Bileklerime bağladığı bir ipin ucunu sımsıkı elinde tutuyordu. Bense etrafında halkalar çizerek dönüp duruyordum. Oradaydım. Yanı başında. Tahta döşemelerin üstünde bir o yana bir bu yana savruluyordum. Tavana bakıyordum, tap tap merdivenlerden iniyordum. Dokuz taş oynuyordum, koşuyordum. Düşüyordum ve başımı taşa çarpıyordum. Yüzümde bir yanmayla tere, çarpıntıya, toza ve karanlığa bulanıyordum. Duvara tutunarak merdivenlerden çıkıyordum. Gizlice buz yiyordum. Durmadan buz yiyordum. Takır, takır.. Kaskatı kesiliyordum. Beni döverek doktora götürüyordu. Ağzımın içinde parmak uzunluğunda sarkıtlar, gözbebeklerimde buz çiçekleriyle kucağına yatıyordum. Başım boşlukta bir sağa, bir sola çarpıyordu. Demek onca gürültüyü duymuyordu. Beni de görmüyordu. Ta âşık oluncaya kadar.

En yakın dostlarım kendimi savaşarak oyalamamı istiyor. İstediklerini bu sözcüklerle ifade etmeme bile karşı durarak. Hiçbiri kendimden daha cahil bir ölüyle işbirliği yapmamdan yana değil. Beni hırpalamasından korktuklarını, geleceğimi korumak istediklerini söylüyorlar. Keşke onlara inanabilsem.. Ama artık çok geç.. Ondaki köpek cesareti büyüledi beni..

Annesiyle aralarındaki tuhaf ilişki –kocası ilişki olarak adlandırmasına her zaman karşı çıktı– eylülün on ikinci sabahında, sesi, süsü, sisi olan, göz yaşartan, burun sızlatan, Gülfidan'ın özgün fidanından on yıllık hayat meyvasını koparan radyo cızırtılarının ve son derece sinematografik ateş kırıklarının bulutları yakmasıyla başladı. Solunduğunda insanın mekân duygusunu yitirdiği, eklemlerinin bozulduğu reçine kokulu bir duman, sendikacıların toplaştığı küçük bir oda içinde Gülfidan'ın ciğerine rastladı. Gülfidan'ın şımarık ciğeri sendikacıların yerine karşı kuzu melemesini andıran bir sesle kıkırdadıktan sonra durumun ciddiyetini kavradı. Ve köpükler içinden ağırcana kayarak dalağının arkasına saklanmayı başardı.

Eski alışkanlıkların insanı yoklamasına benzeyen karıncalanma gibi bir şey daha eklemek istiyorum. Seninle arkadaşlığımızın koyulaştığı günlerde, evin içinde hep bir örtüyle dolaştığımı, her fırsatta örtüyü üstüme çekip altına kederle kıvrıldığımı hatırlıyor musun? Neyse boşver, Mukoşka.. Derin bir soluk al ve gülümse yeter.. İlişkimizi çözmek için kafa patlatan dostlarımızın tutmak istedikleri ipin ucu böyle emrediyor, canım. Senden bu kadarcığını isteyebilirim. Çünkü kavgacı, yırtıcı, onların deyimiyle bir hergele olan ben, her zaman hayatımı kurtarmanın bir yolunu buldum. Aynı zamanda senin içe dönük, tutuk, soğuk bir yaratık olmana taammüden sebep oluşum.. Çok fazla günahım var, Mukoşka.. Gördüğün gibi saldırma hakkı benim.. Ayrıca sen bu tartışmalara aktif olarak katılamazsın. Çünkü seni pasifize ettim. (Kloroform koklattım, ırzına geçtim gibi bir laf bu, Allah kahretsin!) Hatırladığım kadarıyla beşinci dönem, A tipi kadro eğitimlerine de katılmamıştın. Her gün sekiz saat çalışan, ev geçindiren küçük bir memur olduğun için sana sessizce gülümseme görevi veriyorum. Hayır, bilek güreşi yapamayacağız. Bizim bilek güreşi yapma yeteneğimiz yoktur. Biz tanımlarla yaşayan robotlarız. Senden istediğim uyumaman ve sesime birazcık izin vermen. Elime bir megafon alacağım. Şu seçim çalışmaları sırasında Şişli arkalarında bir meydan vardı.. Abide-i.. O meydanın tahta kürsüsünde, gökyüzüne doğru açılmış genç bir kadın kanadı düşle. Kitle önünde cinsel sorunlarımı çözmek istediğimi düşünenleri güvenlik görevlilerine teslim et. Askerî emir ver, onları safların dışına atsınlar. Dedikoduları kesmenin tek yolu bu.. Hayır, Mukoşka, hayır, canım indir ordan kanadımı, koluma gir, çocuk kalbi gibi korkak gözlerimi koru, başımı omzunda tut. Eve dönelim.. Bütün evler kirli, ne demek bu? Sınıfsız olduğumuzu mu anlatmak istiyorsun. Bırak şimdi duygusal teorileri, açıkça söyle. Kız kardeşin her türden teorinin yalama ettiği bir cıvatadır, anla artık şunu. Sokaktan geldiği için şerbetli, diz kapakları yaralı bitirime de ki: Yıldızların yordamıyla yol alacağız bütün gece. Cebimizde para olmadığı için aç duracağız. Yarın ya da gelecek öteki günlerde bir dam altı bulup bulamayacağımız belli değil.

Şövalye yüzükleri, lacivert takım elbiseleri ve beyaz çoraplarıyla sendikacılar, çok kalabalıktılar. Odadaki tek kadın bendim ve ben de hepsinin yengesiydim. İçlerinde tanımadığım, ufak tefek, elma ağacı gibi yassı bir adam vardı. Hırpani kılıklı olduğundan mı, gece evlerinin küçük bahçelerinde görmeye alıştığım, yoksulluğun sembollerinden biri saydığım elma ağacını hatırlatmıştı bana? Yoksa yanakları elma gibi yuvarlak ve kırmızıydı da ondan mı? Kocam, güney bölgesinde kurulu bir şubenin odacısı olduğunu söyledi. Kimseye ait olmayan bir fısıltı kutsal bir nesne gibi ağızdan ağıza geçirilerek dolaştırılırken sürekli önüne baktı. Ritmik bükülmeler, ölçülü el hareketleri ve ilkel bir vurgunun çağrısına uyarak sallandığı duygusunu veren başıyla konuşulanları onayladı. Evimize geldiğinde elimi sıkmak istemediği, parmaklarımın boşlukta yüzmesine ve hüzünle böğrüme düşmesine neden olduğu için dikkatim üstündeydi. Kim bu adam? Şafi şeflerinden biri mi?

O son konuşmacıydı.

Herkes sırasıyla bir şeyler fısıldadıktan sonra ellerini öne uzatarak sessizliği sağlıyor, gırtlağını temizliyor, ilahi bir dua okur gibi belinden üst yanını öne itip geriye çekiyor, Kerenski, Kışlık Saray, Emperyalizm gibi sözcükleri ardı arkasına yuvarlıyor, iki gözünü yere, ayaklarının dibine bıraktıktan sonra hazdan geçip huzurun arkasına saklanıyordu.

Çocukken tahta perdelerin gerisinden korkuyla izlediğim, elden ele geçtiğini anladığım ama göremediğim sakal-ı şerifi cebindeki bir çıkından çıkartıp burnumun ucuna dayayacakmış gibi irkildim. Her politik yorumunun ardından, halının tüylerine sürte sürte parlattığı gözlerini, yüzüme dikerek kalbimi kazanmak istemesi.. Gizli çalışmanın bedensel dilini ruhuma doğru ikide bir sivriltmesi.. Öfkemi tutamadım ve bakışlarından birini, odanın tam orta yerinde, boşlukta, hırs içinde fırlayıp kıskıvrak yakaladım. Dişlerimi sıktım. Gözlerinin ışığını parmaklarımın arasında ezdim. Sendeleyerek dışarı çıktım. Ta derinlere ılınmalarla kayıp giden soluğumu, çırpınmalarla yakalamaya çalıştım. Boğazımdan kuş palazının acıklı hırıltıları yükselip alçaldı. Kocamın eli alnımdan yanaklarıma kaydı. Soluğumu, onun omuzlarının yardımıyla yukarı aldım. "Seni götürüp yatırayım mı?" Başımı salladım. Üst üste başımı salladım. Bedenim yorganın altında sarsıla sarsıla beni dışına attı. Tenimin sıcaklığı ve yorganın karanlık yüzeyi arasında sıkışıp kaldım. Altımdaki seğirmelerin şiddeti, karanlığın ağırlığı.. "Atlılar atlılar, takırtısı tatlılar.." durmadan mırıldandım. "Beni burdan çıkarın, çıkarın.."

Atlılar duymadılar. Belki de atlılar değil, kalpaklı, kırbaçlı kuşlardı gördüklerim. Rüzgârla kızıl bir şafağa doğru uçuşan. Pelin otlarının kokusunu, yeşil aynalı şişesinden zehir gibi evimize saçan bu adam kim? Kazakistan köylüklerinde parti çalışması yapan ayakkabıcı mı yoksa? Bir romanın sayfalarından yarım yapıldak çıkıp tam da hayatımın on yılını kederle uğurladığım sabahın dağılıp giden gecesinde kapımızı çalan..

"Seni nereye çıkarsınlar geberesice"

Beklediğim sesi duydum. Yeri göğü inleten devanasının sesiydi bu. Ona görünmeden bacaklarının arasına girip saklanmaktan, beni yeniden evlat edinmesi için yalvarmaktan başka yol kalmadığını biliyordum. Baldırlarının arasından başımı dışarı uzatıp peş peşe sıralayacağım dokunaklı sözler için çarçabuk hazırlandım. "Niva niva sare militan.." Ne baldırlarının arasından acıklı bir yüzle başımı dışarı uzatmama, ne de yalvarıp yakarmama gerek kaldı. Son sürat görüş alanıma giren siyah bir Murat otomobil burnumun hizasında zınk diye durdu. İçinden siyah tül peçesini kaldıraraktan annem indi. "Ben senin ne yaptığını çok iyi biliyorum, kahpe, seni hep takip ettim," dedi. Korkmam için hiçbir sebep yokmuş gibi görünse de sendikacılara, çok korktum. Tenimle yorganın karanlık yüzeyi arasındaki yuvamdan öyle bir fırladım ki, annem yorganla beraber tavana yapıştı. Siyah Murat otomobil düş uçurumumdan aşağı yuvarlandı. Marleylerin üstünde yanarak parçalandı. Bedenim ruhumun yarattığı basıncın altında kopuk kopuk sesler çıkartarak ezildi. Annemin siyah peçesi gözlerimin üstüne düştü. Bedenimle ruhumun bir daha yan yana gelmesinin imkânsız olduğunu düşündüm.

"Bu kadar, bu kadar korkacak ne var?" Zavallı anneciğim, üstüne sıçrayacak kuduz bir çakaldan çekinircesine, ama belli etmemeye çalışarak beni teselli ediyordu. "Alnının altı yeşil boyalı bir oğlana âşık olup inşallah çıkacaksın bu karanlık sulardan, Gülfidan.." Başımın nerde olduğunu bilsem yanına yaklaşıp parmaklarımla yüzüne dokunacak, dudaklarını aralayıp, "Sana bu ehliyeti kim verdi be kadın.." dedirtecektim. "Nedir bu siyaha olan düşkünlüğün fahişecik!.."

Ona Murat otomobili de, siyah tülleri de armağan eden bendim. Ehliyeti kötü yürekli bir melekten almış olmalıydı. Annemin cenazesindeydik. Herkesten uzakta, tek başıma bir ağaca yaslanmış, önüme bakıyordum. Dolan, durmadan dolan öfke yüzünden, onun dindar olmayan tek çocuğu olmanın getirdiği yalnızlığı içime sığdıramadım ve ardımı dönüp yürümeye başladım. Babam, "Şu yabaniyi tutun!" diye haykırdı. "Eşhedü enna.." Eşhedü enna'nın, eşekoğlueşek anlamına geldiğini o vakit öğrendim. "Bırakın beni, bir yere gidecek değilim.." Kollarımı karnıma dayayıp kıvranmaya başladım. Ablam boynuma dolanıp beni mezarın başına sürükledi. Bir kezcik bile ellerimi iki limon yaprağı gibi açmadığımı, annemden dua kaçırdığımı mı düşünüyordu? Gözyaşlarının altından acıyarak yüzüme bakıyordu. Yalnızlığımı paylaşma hevesiyle yanıma geldi, usulca koluma girdi, "Annem cenazesine bu kadar çok arabanın geldiğini görse ne sevinirdi!" dedi. Acı kalbimdeki yerinden sıçradı ve utançtan beynim yandı.

Tabii ki geleceklerse, takunyalarla şehre geldikleri gibi, annemin ayaklarına ayakkabıyı öğrettiği gün bayram ettilerse eğer ve ablam onların başını tutmuş kadar emin, bitlerini tek tek bizim kırdığımızı söylüyorsa, üstelik ben de doğmadığım halde bu kırma harekâtına dahil ediliyorsam, o arabalardan birini anneme armağan etmek boynumun borcuydu. Başımı çevirdiğimde gördüğüm ilk arabayı, pulları kırık mavi yazmacığımın mezarına gömdüm. Taze toprağı tırnaklarımla yeniden, yeniden kazıyarak. Ve döndüğüm gibi arkama bakmadan kaçtım. Peşimi kovalayan takunyalarla bitlerin, evimizin halkının ve ezik horantanın beni bir daha yakalayamayacağını sandığım bir yere doğru..

Bir daha hiç ardıma dönmeyebilirdim. Mukoşka'yla sabahları ağlayarak yürüdüğümüz merdivenli sokağın taşları, zamanın solgun ışığının da yardımlarıyla dalgalanan bir basma entarinin çiçek desenleri gibi kalabilirdi iz yerlerimde. İsteseydim. Oradan, babamın söylediği gibi insanların bok tepelenir gibi tepelendikleri yerden, renkli cam kırıkları toplaya toplaya alıp başımı gidebilirdim. Bunu yapmak için kendimden daha iyi bir fırsat çıkamazdı karşıma. Ama kendimi teptim. Çünkü orada, dünyayı aynadan seyrettiği için gülünecek tek bir kişi vardı. O da bendim. Babam öyle dediği için bir "terslik" olduğuna inanmak zorunda olduğum mekânın, o mekânda yaşanan gerçekliğin, annemin âşık olmasını fırsat bilip dışına çıkmayı başardım. Onun aşkla sertleşen omuzlarına tırmanıp terslik duvarına sıçradım. Kendimi uzaklara fırlattım. Düştüğüm yerden silkelenip kalktım, üstümü çırptım, son bir şey daha söyleyebilmek için deli hızıyla tekrar ona doğru koştum. Eylül damlarının rüzgârlı samanları, başından aşağı sapsarı küller gibi yağıyordu. Parmakları ve yüzü kan içinde, bir başına debeleniyordu. Birden soluğumun sesini aldı. Kollarını çırparak beni yanına yaklaştırmadı. Gitmem için öfkeli işaretler yaptı. "Git, git, bir daha uğrama buralara.." Gidemedim. Geri döndüm. Annemin bana sunduğu ilk politik konumu çarçur ettim. Korkak davrandım ve geceleri çeşitli kılıklara bürünerek onları güldürmenin en etkili savaşma biçimi olduğuna inandırdım kendimi. Bir tür meddahlıktı yaptığım. Uydurduğum hikâyeleri anlattıktan sonra çırılçıplak soyunup oynamama, alnımdan ter damlatarak para toplamama ses çıkarmadılar. Üstümdeki ayıplarla yasakları kaldırdılar. Misafirler için özel gösterilere çıkarmaya, odanın ortasına zorla sürüklemeye başladılar beni. Herkese küfür etmem, elbiselerini yırtmam, yüzlerine tükürmem, iğne batırmam, ulu orta söylenmeyecek şeyleri söylemem serbestti. Bazı fırsatçılar, en gizli sırlarını gündüzden kulağıma fısıldıyorlardı. Para sızdırmayı aklımın ucuna dahi getirmeden benden istediklerini yaptım. Onları güldürmek ve sevindirmek hoşuma gidiyordu. Bir gün –belki de her zamankinden daha çok güldükleri içindir bana– hızla acımaya başladım onlara.. Acıma duygusu ucu bucağı belirsiz dünyama azgın bir dağ keçisi gibi daldı. Ben korku içinde titrerken kâğıt yıldızlarımı haşırtılarla yedi ve zehirlenmedi. Büzüldüğüm yerden onun ayın elektriğine çarpılması için dua edip yalvarmaya başladım. Ne korku ki, dilimi içeri doğru tersine döndürdü. Soluk borumu deldi. Ağzımdan, sol karın boşluğuma uzanan, hayatım boyunca saklı tutmak zorunda kaldığım ateş yolunu açtı. İçten içe kendini yakan, dudaklarının ve gözlerinin harlanmasından dehşetle ürken garip bir canlı haline getirdi beni. Odamızın ortasını, divanlarımızı, hepimizin üstüne atılmış zehirli bir tüle benzettiğim, annemin seyrek dokulu, siyah zeminli, küçük kırmızı güllü çeyizlik kilimini, dört duvarın içindeki ve dışındaki zamanı işgal etti. Elime bir örtü alıp sessizce evimizin güneydoğu köşesine yürüdüm. Örtüyü başıma çektim. Kıvrılıp kaldım.

Birbirlerini bıçaklayan kara ıslak perçemli buzağıların taklitlerini yaparken boğazından çıkardığın böğürtülerle hırıltılar, kulaklarımızdan hiç silinmedi. Gözlerinin yağ gibi eriyip yüzüne yayılışını, kanlı bıçakları oyuncak gibi elinde tutuşunu kederle hatırladık. Geceleri başımı yastığa gömdüğüm zaman, annesini ayak bileklerinden kavrayıp defalarca yere çarpan erkek çulluğun merdiven başında çırpınışı gözlerimin önüne gelirdi. Kollarını bacaklarının arasına sokup arkanda bir çift kanat gibi sallardın. Ağır ağır başını karnına yumuşun, tüyden bir top gibi yuvarlanışın.. Üstünde biriken tozu toprağı gururla silkeleyip yüzümüze savururdun.. Utanma duygusuna yenilmeseydin büyük bir halk sanatçısı olman işten bile değildi. Keşke uyluk sokumlarını yansıtan çarpık bir ayna olarak evimizin duvarında yıllarca asılı kalabilseydin. Ama sırlarının pul pul dökülmesini görmeye dayanamadın. Âşık oldun. Utanmaya başladın ve yeteneğin hemencecik köreldi. Odamız küçücüktü.. Ona bakmamak için gözlerini uzun süre soba borusunun arkasına gizledin. Ama ellerin, gözlerin ve ayakların bedeninden kopuyor, kızgın bir su üstünde kayarak ona doğru yüzüyordu. Çok korktun. Ellerini, ayaklarını, gözlerini telaşla karnında topladın, usulca kımıldadın, eline bir örtü aldın ve altına saklandın. Tam yedi yıl.. İlk gençliğini, ince boynunu kabuğunun altından arada sırada ürkerek dışarı uzatan bir kaplumbağa gibi yaşadın. O örtünün altında gözlerinin rengi koyulaştı. Kemiklerin sertleşti. Saçların belinden aşağılara uzandı. Arka odaya, üstünde örtüyle sürünerek gittiğini, geceleri sık sık onun kazağını kokladığını biliyorduk. Ama o örtünün altında, tüm gençliğini karartan aşkı onca yıl nasıl taşıdığını sormaya cesaret edemedik. Başından örtüyü usulca kaldırır, ya-

nına diz çöker, ağlardı. Gözyaşlarının karşısında yüzün do-
nuklaşır, dudakların kasılırdı.. Ürktü ve uzaklara gitti..

Ben on sekiz yaşındayken artık ölü bir canavardı hayat
bilgim. O örtünün altında öfkeyle kulaklarını ve burnunun
ucunu kestim. Annemin elinden üstüme sıçrayan o çekir-
geden intikam almak için, aşk yüzünden gövdesinde kan-
lı delikler açtım. Cebinde kulak parçaları ve yarım bir cana-
var burnuyla dolaşan hüzünlü bir katil gibiydim. Parmakla-
rım ölü bilgi artıklarına çarpardı sık sık. Ayağım tökezlerdi.
Kan kokusunun beni geriye çekmesinden korkardım. Cana-
varın beyaz örtüyle mezarından doğrulup çığlıklarla üstüme
savrulmasından.. İçine ürperti atılmış bir kız gibi kirece bo-
yanırdım. Soluğum sığınacak yer bulamazdı. Küskün bükül-
melerle uçup gittiğini görürdüm. Açık kalan ağzımdan içi-
me nefret dolardı. "Ah hayatım, hiç benim olmadın.."

Peri kızıyla ikinci bir cinsel hayat yaşayan zavallı bir köy-
lüye benzerdim içerden bakılınca. Naylon bir çiçek gibi yap-
ma bir tarihim oldu sonunda. Bu münasebetsiz ilişki yüzün-
den ölecek kadar saf da değildim. Pirelerden yaptığım deve-
ye bindim. Küçük gece odasında, sınıf ve insan sevgisinin
şaheseridir diye sahneye çıkardım onu.

"Saygıdeğer bayanlar!" dedim, "Sizlere sapkın gönlüme
kalkan ettiğim örtü üstüne yemin ederim ki, bir gün yer-
yüzüne ineceğinizi, sihirli parmaklarınızla bana dokunaca-

ğınızı biliyordum. Haberinizi getiren gözleri siyah damarlı, uzun kirpikli, kırık bir Türkçeyle konuşan kadını yolculadıktan sonra artık örtüye ihtiyacım kalmadığını anladım. Kendime verdiğim sözü hatırlayarak bahçemizdeki nar ağacının altına indim. Örtüyü güneşe tuttum ve yaktım. Basit bir tören olduğu için anlatılmaya değmez. Diyeceğim, dumanların ve yanık bez parçalarının altından varlığını yoksullara adamak isteyen bu elmas parçası çıktı.."

Söylediğim bu yalan, sessiz bir su gibi akıp giden hayatımın yolunu nasıl da değiştirdi. Pirelerden yaptığım canımın içi deve, yüzüme baka baka kahrından hasta düştü. "Ah Gülfidan, sefil çocuk.. Yapma bir tarih yalansız taşınır ancak.." Küs küs öldü. Parıltısında korkutucu bir sır sakladığım elmas parçasını da alıp götürdü.

Yıllar sonra ölüler evinden tavanımıza vuran kahredici ışığında aradığım işte bu elmas parçası, anne.. Beni bir servet düşkünü sanma. O korkutucu sırrıma, sınıfıma duyduğum öfkeye ve sevgisizliğe yeniden kavuşmak istiyorum. "Yapma sevgi.." Bu lafı beni daha iyi anlayabilmen için uydurdum. Artık nefret ettiğim her şeyi sevmeye zorlandığım o on yıl boyunca niye mutsuz olduğumu çok iyi biliyorum. Bilim denen şey onurumu beş paralık etti, anlayacağın. O dik boynuzlarımı kendi çekicimle kırmak zorunda kaldım. Bu yüzden ağladım, on yılın her gecesinde, el ayak çekildikten sonra. Vicdan azabıyla zehirledim ciğerlerimi. Yüce sınıfından nefret eden kötü bir evlat olduğum için.. Ne acıklı bir çocukluk, iç kanaması dindirilemeyen senin küçük kızınınki.. Suçluluk duygusuna nasıl da kaptırdım yüreğimi.. "Ah devrim tanrıları, kurtların önüne atılmaya razıyım, bağışlayan siz olun.."

Annesini ölüm uykusundan kaldıran hayırsız bir evlat, sinsi bir militan olduğumu saklamadan, bu bilimin kırmızı ışığında, ruhsal strateji ve taktik düşkünü zavallı kötürüm bir fareye benzediğimi söylesem nasıl bir kıyamet kopar? Mukoşka, niçin uzak durmayalım tanrıların terazilerinden, kendini içine kapatan güzel arkadaşım. Ne çıkar atlara, insanlara, ağaçlara bir kezcik olsun kendi sopalarımızla saldırmaktan.. Allah aşkına şuraya bak: Mekân değil, Doğu efsanelerinden birinde yitip gitmiş uğursuz bir kalıntı sanki. Ne sarı bir hayal, ne soluk bir kâğıt parçası. Bir fotoğraf harikası sanma bu tuhaf manzarayı. Buz gibi gerçek, tavandaki ölü. "Bugünden tezi yok, tek gözle ağlamayı öğren!.." diye haykırıyor. İç odadakiler, devrimin dindar öncüleri. Soluğunu gökyüzüne savur ve kız kardeşin için dua et.. Ruhuna yıldız yaptığı nefret taşını alabilsin şahmeranın ağzından..

Dedi: Alık bir örgütçünün yaratıcı olmayan karamsarlığı çok can sıkıcı. Ruhunu dikdörtgenimsi tahta kutulardan yapılmıştır sananlar, ne yazık ki davamızın karanlık bir tünele sokulduğu günlerde, bir sihirbaz edasıyla yeniden sahneye fırlamaktan kendilerini alamazlar. O tahta kutuların içinde can çekişip duran somut bilgilerini kullanarak çok renkli bir gösteriye kalkışmak, saplantılı budalalara vergidir yalnızca..

Dedim: Çiy damlası gibi saydam yüzünün içi öfkeyle dolu Sevgili Başkanımız! Sizinle hayat bilgisi hayaletlerini, öte dünyaya küs giden develeri, nefret sözcüğünden ibaret elmas bir kütleyi konuşabilmemiz mümkün değil. Çünkü anlamaya başladık birbirimizi.

Dedi: Bir gülücük perisiydin sen ve küçük gece odasında kanatlarının renkli teleklerini yolduk, parlayan dişlerini de acımadan söktük. Baş belası bir intikam kuşu olup çıktın öyle mi? Haklısın, çok güldüğün için sık sık eleştirdik seni, sonunda divan-ı harbe verdik. "Dudaklarım özgürdür ve özgür kalacaktır, yoldaşlar!" Alaycı bir suratla, küçük gece odasına bir masal dünyasından çıkıp geldiğini söyleyenlere sevimli davranılacaktır diye hangi tüzükte yazılıdır Sekreter Rüzgâr?

Dedim: Nefret taşımı niçin arıyorum sandınız siz, Matmazel! Onun ışığını kendi gözlerime sıkıp kör ve kötürüm olmayı planlamıyorum herhalde. Elbette ki sizi taciz edeceğim cici elmasımla. Tüzükler! Üşüten, ürkütücü el kitapları. Parlak beyaz mermerlerin kuzguni siyah, ipince isli maddeleri, terslikten gelen çocukların iç sesleriyle yazılmazlar.

Dedi: Öyleyse başındaki o süslü tokayı edebinle çıkar. Devrim emanetçilerine teslim et. İşçiler, süslü tokalardan hoşlanmazlar. Çirkef kafiye! Şimdi beni sevinçle bağrına bas, sonra da bir kahve yap..

Küçük bavulum elimde
Kalmaya geldim evinde lay lay la

Yine de en çok senin yanında rahat ediyorum.

Dedim: Muaviye'nin adamları izlememiştir sizi inşallah. Bu harabede bir tek onların yokluğu kusur. Tavanımızdan yarasa gölgeleri bile eksik değil. Kırmızı tül eldivenleriniz buzdolabında. Süt iğnesi kaleminiz. Mumlu kâğıtlar, baskı için cam ve çini mürekkebi arka bahçede gömülü..

Dedi: Beni savaş sonrasının hüzünlü generallerine benzetmekten vazgeç. Yarasa gölgeleri ve Muaviye'nin adamları gözümü korkutamaz artık. Çünkü bulaşık yıkamaktan gözümün sinirleri peynir gibi yayıldı. Parmaklarım da lastik gibi eridi. Seni koltuğumun altında büyüttüğüm günler kırık bir zamanda kaldı, ne yazık.. Şimdi çok az şey umurumda..

Dedim: Anlıyorum efendim.

Bir kulağı öteki kulağına gizlice kırgın, ağırbaşlı, bilimsel bakışlı gizli sevgimizi, sınıfsal göreneğimize çıkıp da seyre dalınca, anladığımı anlatabilmek maksadıyla çırpınmaya karar verdim. Yuvarlandığım boşluğu ellerimle yoklayarak bazı garip şekiller çizmeyi başarabildim yalnızca. Bedenimin acıyla kıpırdanışı, dişlerimin arasından ufalanarak dökülen sözcük kırıntıları ve saçlarımdan yüzüme süzülen ter, aklıma dilsiz bir işçiyi alıp getirdi.

Ah ela gözlerimin
nefti yeşil kamyonları
yine kımıldandılar

Tozlarla bulutların ardındaydı, dünyaya inancımı sarsmadan önce. Stratatör denilen metaları camlardan, durmadan kamyonlara fırlatanların damında ölülü bir direnişten üç dört gün kadar da sonradaydı. Yalnızca çığlıklarla döndürebildiği dilinin o unutulmaz müziği eşliğinde, fabrika yemekhanesinde "işkence dansı" yaparken izledim onu. Bakır bir kabloyu boşlukta çevirerek şekiller çiziyordu. Elektriğe verilmişçesine sarsılan bedeni, şiddetin bulandırdığı bakışlarıyla yepyeni bir dilin müjdecisi gibiydi. Sözcükler, yerinden oynatılamayacak kadar ağır birer taş kesildiğinde, kendimi taşıyabileceğim bambaşka bir yolun ilk habercisi.

Üstümüze düş kuran dostlarım nasıl da yanıldılar. Adanmış hayatlarıyla silahsız bıraktılar bizi. Sözcüklerimizi yağmalayıp yıprattılar. Günlerce, gecelerce yıl gözlerimizle düşünerek biriktirdiğimiz.. Parmaklarımızın upusul uçlarıyla özeyip işlediği.. (Kaç zamandır aklım ağlıyor salya sümük, beyaz poplin bir mendille, ah nasıl yaptılar..) Dilsiz bir işçiden dans dersleri almaya kalkışacağımdan korkuyorlar şimdi de. Kendileri için kötü bir ayna olacağımdan.. Her akşamüstü yüzünde bilgelik izleriyle gözlerinin içine oturacak öfkeli bir hayalet istemiyorlar.. Ama artık çok geç..

İşkence, gecenin kıvrımlı yumuşak örtüsüyle yüce sınıfımız tarafından nasıl da dönüştürülebilir görkemli bir sanat gösterisine. Ihlamur kokuları saçan, alkışların hızıyla savrulan değirmi bir sahnede. Hasbahçe'de, bu gece en büyük yıldız, kıpkırmızı tafta dekoltesiyle kan. Tanıdığım sessiz yüzü, yana dönmüş ve örtülmüş gözleri. – Şeker sucuğunu çok seven arkadaşımız için tüm bir hayat saygı duruşu. "Bu yapıya güvenmediği için," diyor, benim kurt cismindeki kırmızı yanaklı cinim, "hiç şakası yok, dumanımızı attırırlardı, bir tekimiz bile hayatta olmazdık.." Onun o derbeder, lacivert ve alaycı anorağının altından, bir karış aşağı sarkan ceketinin ucu, azıcık ağzını aralasaydı. Bu gece en büyük yıldız, bilincin sarsıntısı, tenin kayışı kendi yüzeyinden, sürtünerek acıyışı..

Bir tüm gece, yaşadıklarım gözümün önünde durdu. Sessizliği saçlarından çekerek sürükleyen gençliğime: Yabani domuzlar gibi vahşilik etme. Karşılıksız işte bende bile sevgilerin. Gençliğimden: Yabani domuzlar evvela ağzını burnunu, sonra da kalbini yesin. Mütemadiyen dizlerime vurdu. Korkum geldi, sabaha karşı. Yatağımdan doğrulup başımı cama dayadım ve ayın duvarını ıslattım yusyuvarlak. Çıplak ayaklarıma sıcak korku damlaları döküldü. Korkumun beyaz köpüklü şırıltısına, mırıltılarla uyandı annem. "Kız yürekli bir oğlan bul, âşık ol!" Döne döne fısıldandı. Kısık bir lamba fitili gibi titreyen sesiyle. "Küçük bir çocukken merdiven demirlerine tutuna tutuna sokağa inen.."

Bu ağır tahrik altında sevgili ruhlar, çarçabucak bir su yılanının kasılıp gevşemesi gibi parlak, şıpırtılı bir habersizliğe çekildim. Gittim dünyadan. İçinde kaydığım sulardan, flamalara, teorik kitaplara, mermer anıtlarına gençlik tanrılarımın buz gibi damlalar sıçrataraktan. Sevinçle bayıldım, çamurlu saz diplerinde, ellerimi iki yanıma bırakarak. "Anneciğim, âşık olmasam, hiç âşık olmasam, kız yürekli bir oğlan doğursam, ikinci bir çocuk doğursam.." dedim.

Artık adlı adınca ilk gelinlik arkadaşlarını seçemediğin, belleğinin uzak doğusundaki yopyoksul köyde, ilk çocuğunu doğurmak için böğürmeye başlamadan az önce, rüzgârla ve at nalı büyüklüğündeki sihirli közle kadınların nasıl büyülendiğini öğrendin. "Dünya kurulmadan geri, buymuş kadınlığın yüce sırrı.." Epeski soluğunu üfleyerek kulağına fısıldadı Gılaptan Ebe. Mayalanmış ekmek hamuru gibi kabarmış yaşlı yüzünü, yüzüne eğerek mırıldandığı, yanardağ masalını anlattın, en arka bana, ablalarımaysa çok daha evvel.. "Kurulmuş sonra, delikli dünya ah işte böyle.." Acıdan bayılmamam için yemin verdirdin bana... Gözümü ve kulağımı dört açmam için sımsıkı tembihledin. "Tek zevkinden mahrum olmasınlar o çağıltılı akışın ve coşkuyla yıkasınlar ruhlarını diye, gençken ağaç dalına bağlar da doğurturmuş köyün kadınlarını Gılaptan.." Yıldızların ışığını, ağaçların yapraklarını, dünyayı saran mavi boşluğu püskürteceğimi içimden, ilahi bir rüzgârın esişiyle kayaların oyuklarına denizleri dolduracağımı söyledin. "Bacaklarının arası, kızgın demirlerle dağlanmış gibi bir yanmaya gelinceye kadar kendini dinleyeceksin ve sonra at nalı büyüklüğündeki o sihirli közü oturtacaklar rahminin ağız kısmına ve iteleyecekler seni bir uçurumdan. O vakit bir çift kanat ve derin derin soluklar sunacak sana iki uzun saçlı melek. Kanatları takınacaksın ve soluklarıysa otuz üç kere alıp usulca geri bırakacaksın.."

Güneş ışığında ılınmış renkleri sürerek acıyan tenime, beni iyileştireceğini aşkın, burun kanatçıklarımın hüzünle titreyişine gözyaşı dökeceğini söyledi ve inadını sulamaktan vazgeçmedi kaçık ölü. Yine beni çıldırtacak kadar canlı, geriye kıvrılan cahil boynu. Kendine bağlı hayatları parçalamaya, yırtmaya, kırpıp biçmeye hazır.. Saçlarının ıslak ucunda hep öyle tedirgin alnı, kömür karası saçlarının bükülmüş dalga ucunda, küçük tahta takunyalı göğüs iğnesi, bir çift çocuk aklı gibi sallantılı. Bilmiyor, fabrika kapılarına çarpa çarpa çürüdüğünü aşkın, örselenmiş yosunlar gibi yemyeşil kesildiğini dilinin, pelteleştiğini.. Enerjik ve akıldışı.. Ay yüzlü ile şiir söyleyen, yarı yatalaktır artık. Bilmiyor, boğazlarına lastik birer boru takıldığını, seslerinin ürkünç denecek kadar hırıltılı çıktığını.. "Onu öyle bitkin görünce, yılbaşında yağan karın altında, dinsel dokusunun ıslanıp çözülüşünü, kurtuluşumu cinnetten.." Çok sevindiğimi, bin yıllık taş muskaların ağırlığından sıyırabildiğim için zayıf bedenimi, kendimi hararetle kutladığımı..

İçimin yollarından geri dönüp geçerek ulaşmak istiyordum ilk halime. Dünya kurulmadan önceye götürmek istiyordum kendimi, kendime bile haber vermeden. Güvenmiyorum asla!.. Bana anlattığı hikâyelerden öyle iyi tanıyorum ki onu. Budala, yürekli ve hayalci. Hayat yıkıcı ve inançsızdır gerçeğe.

– Efendim bir gece yarısı, slayt makinesi elinde, gece mahallelerinden birinde, öğrettikten sonra kadınlara, aile kurumunun devletle alakasını, sigarasını bastırıp ayağa kalkmış. İspatlamak arzusundaymış bacak kemiklerinde ilik yerine tek başına sokağa çıkabilecek kadar çok dermanın bulunduğunu. Canı gönülden, "Allahaısmarladık, yoksul kadınlar!" demiş gitmiş.. Kar ve karanlıkla kucaklaşıvermiş ansızın. Gaipten bir ses gelmiş, Hz. Muhammed'in kılıcı gibi dikilmiş tepesine. "Ey kolektif aydın, niçin yalan söyledin biçare kadınlara. Evlerinin pisliğinden öğürtüler tutunca sesini, ağzın kulaklarına kadar çarpılınca ve gözünden inci taneleri dökerek kusunca, niçin hamileyim dedin!" Tüh demiş, yüzüne tükürmüş.. Kar silip götürecekmiş ki sesin tükürüğünü, uzakta sallanıp sarsılan bir gölge belirivermiş. O vakit dank etmiş bir şey düşmüş aklına. Masal cücelerine özel minnacık bir el kitabı. "...zerzevat torbasından çıkardığı bildirileri, sarhoş naraları atarak dağıtırdı vardiya çıkışlarında..." Eli ayağı iyice seçilmeye başladığında bile sarhoşun, hâlâ eski bir tüfek sanmış onu.. Bağırıyormuş adam, karı karnından savurarak: "Çakarım ulan Emniyet Mahallesi'nin Gülesme'sine!.." Ve dediğine göre karakolun önünde, minibüs beklerken korkudan tir tir titreyerekten, derin bir hayranlık duymuş düşgücü ile cesaretine..

Kendine baygınlığı ve onulmaz coşkusuyla duygularının, yine yarısından sonra bir sabahın, yoksul ve genç bir kıza inmeler indirecekmiş az daha. İki yıl bildiği her şeyi öğreterek yanında taşıdığı sempatizanı, artık ermişler katına çıkarmaya karar vermiş ve onayını aldıktan sonra yüce Tanrı'nın, ciddiyetle tutmuş kolundan kızı, dar bir koridordan geçirip küçük bir odaya kapatmış. "Artık," demiş, "ikinci bir adım olduğundan söz etmenin zamanı geldi. Bildiğin ben, ben değildim.." Kim olduğunu anlatmaya başlar başlamaz kızı bir çırpınma almış ve, "Korktum ben senden, korktum ben senden.." diyerek hıçkırmaya başlamış. O ise yoldaşlarına, "Sevinçten öyle çok ağladı ki," diye anlatmış, "arkama yaslandım ve halkımızın bu yüce evladının gözyaşlarından büyük bir pay çıkardım kendime.. Şimdiye kadar hiç yanıltmadı beni sezgilerim.."

İşte bu yüzden, gizlice atlayarak köpüklü yalanlarının üstünden, kulaklarımı tıkayarak alaycı fısıltısına, ("Küçük burjuvazi denince zil sesleri yayılıyor ovaya..") burnunun ortasına yumruklarımdan birini monte ettikten sonra, onu da götüreceğim kendi öz tarihimin çöplüğüne. Eğer orada, öldürücü bir hastalığa yakalanmazsa eşelenirken, "O seni şehvetle seviyor, bense şefkatle," diyen, köy kökenli dindar, küçük burjuvazi kaynanasına teslim edeceğim onu, parçalaması için..

Gülfidan: Tarihim bir servetmiş doğrusu, şaşırıyorum hepsi benim mi bunların! Kimse alamaz mı elimden, "Şu cenazeyi ortadan kaldıralım!" diyen ahlakçı zümrüt cümleyi!. Mahsuscuktan üstünde bayıldığım sedef kakmalı merdivenleri.. Ablamın beni ölümsüzleştiren çığlığını.. "Aldırtamazlar bebeği! Köpekler, cenaze kendileri!."

Mukoşka: Kim bıraktı denizlerin sitemli durgunluğuna ayaklarımızın yüzünü.. Neden canım, geçmişimizden başka geleceğimiz yok. İkimizin de olmadı..

Gülfidan: Upuzun saçlarım ve balıksırtı kabanınla o vakitler iki küçük kızdık ve sandık ki iki küçük kız, on defa daha dolanırsa güneşin etrafında, soluklarının eski hışırtısı, kurumuş gözyaşı sesi duyulmaz olur artık..

Normal bir istek olmadığı için sevgilim (bu şehvet ifadesi kırıtma nedeniyle beni affedin), o çağıltılı akışın coşkusuyla yıkanamadı on yedi yaşındaki ruhum. Kirli kaldı rüzgâr kazanı. İçinden demir çengellerle çekilip çıkartılan bebeğin kanı bulaştı, bükülebilir madeninin pırıltısına. Kıvılcımlar sıçradı sonsuzluğun ipek yumuşaklığındaki örtüsüne. Yumuşaklık, iğne başı kadar küçük dumanlı yaralarla delindi. Katliam büyüleyici gösterisine devam ederken, tuhaf bir intikamın peşine düştü sağ elimin parmakları. Annemin doktor için gizli kumbarasından çıkardığı parayı, avcumun içine kıstırıp saklamayı inatla başardılar. Ve böylece cenaze masraflarını üstlenmedi savaşçı kız tarafı. Umutsuzluğun keyfi, öfkenin tadına karışıp kaybolunca, kendi haline bıraktılar, pencerenin pervazında kül renkli bir tilkiyi andıran kızlarını.

Kül renkli bu tilki, alevli başıyla bir bebeğin, o gece korkunç bir rüyaya girdi. Alevlerin ışığında, ıslak yanaklarına yapışmış uzun, siyah kirpiklerini gördü. Mırıltısı, ölümün bulandırdığı insan suretindeydi. – Elindeki cinsiyetsiz bir avuç suya bak, benim adım kar bebek, kar bebek.. Yüreğini sağ elinin içiyle çıkar ve bana ver, şu yemyeşil ata bin, gecenin en yeşil vaktinde topuğunu atın karnına batır, kar kuyusuna giden yola bağlanır, bu rüya yolu otuz üç kere çatallanır. Eli kırbaçlı cini, ispirto renkli rüzgârla peşine salacaklar. Onun kırbacı yasaklara boyun eğmeyenler için ateşten ipliklerle örüldü. Atının yeşil şelalesinin altına yat, gözlerine iki tutam yele sür, küfürleriyle kışkırtmaya başladığında seni..

Annem, kar kuyularından dipsiz uçurumlara açılan düşsel mekânlarda yaşadı. Zamansız ve sonsuz bir kadının gurur yüklü uçarılığıyla. Kara sarıya çalan balmumu kalbi, bulanık gri bir sabahta babamın ayağına nasıl takıldı, babam tılsımlı iğneyle onu cezalandırıp bildiğimiz dünyaya hangi sebeple sürükledi bilmiyorum. Ben, yalnızca gerçekliğe ait küçük bir canlı olarak kaldım hep. Annemin gözlerimin almadığı dünyalara savrulan saçlarından, büyücü rüzgârlarını tutan eteklerinden bağıracak kadar korktum. Ne var ki, onun yeşil atları ve yeşil vakitli geceleri, benim gerçekliğime ilgisiz kaldı ve sınırları belirsiz bir gökyüzü, ağır bir rüya gibi üstüme kapandı. Kader tüm ahlak ölçülerini zorladı, annemin babama ve gerçek dünyaya duyduğu öfke yüzünden beni kurban seçti. İtiraf etmeliyim ki rüyaların küçük kapatması Gülfidan, kötü yola sürüklendiğinde ayıplanacak yaştaydı. Bedeniyle ruhunun, görünmez gizli güçlerin kullanımına verildiğini bilmiyordu. Onu kandıran görkemli saflığını, her zaman boğazını kapatan dehşetlerle hatırladı.

İlaveten: Kendimden çok erkendim yolda bir sabah

Parkamın cebinde devletle devrim, gözlerimde alev gibi iki bebek, en son çıkan ideolojik marşları söylemeye gidiyordum. Bir yılını daha başımdan aşağıya devirmiş olaraktan hayatımın. Burjuvazi domuz! Yaşım da zaten on dokuz. Saçım başım ıslak. Kırılmaz kemikten taraklarla tarıyordum sabah ve akşam, kabarmış bir yün yumağı gibi yumuşuyordu kalbim aşktan. Halkımız için inim inim inliyordum. Kendimi usulca güneşe tuttum, kirpiklerimi süzüp baktım, kırık bir cama benziyordum. Dağıldı parmaklarım havaya, kısa bir müddet bayrak direkleri gibi çakılı kaldı kollarım omuzlarımda, kısa bir müddetten sonraysa yollarına düştü cehennemin cam.

Annemin hatırası cam, senden korkmayan kâfir! Kıymetini bilemedim ah!. Bu küçük gece odasının tabut kadar büyük mutfağındaki fısıltılar, kuruntular, güvensizlikler sana kurban olaydı. Ruhumun yüzüne karanlık sinekleri gibi doluşmaz olasıcalar. Çığlıklar ve düşler için amma delik açılmış kulaklarımda.

Çok geçmeden çileciler, kuyu kazan iğneciler, örgütlerinin kapısı iğnelerinin deliklerinden de dar zalim-i hüruştalar, kırk kadının suretinde kıpkırmızı çarşaflarla güp ederek hortladılar. Nuh Peygamber'in keçisinin aslıydım ki, küçük gece odasına gelmedi benim gibi genç bir kadın. Tam da kongresi yaklaşırken devrimci bacılarımın kara bir oğlak düştü karnımın en dibine, onca iş arasında doğurmak için ayağa kalktım. Kitapların altını çizerek okuyanlar, gözlerinin kızgın sularını yüzüme sıçrattılar. – Doğurursan oğlağını, adını Malik koyarız, Malik ki cehennem bekçisinin adıdır..

Elveda ey, bulutlara yazılı gündeminizden toprağa atlayıp intihar etmektir maksadım. O kuş lastiği gibi demirden aletine doktorun bindirecekseniz beni, karnımdan cenazeler çıkartan kaynanam gibi, ölmek daha şeker. Doğurmak istiyorum bebeğimi, eli kırbaçlı küfürbaz cininizin izniyle. Siz annemin yeşil atlarının yüzüne okuyup üfleyin Kalinin'in fedakârlık defterini. Teklifinize uyup saplantılarımın gönlünü kıramam. İade ediyorum görevli kolluğum ile karton önlüğümü.

Sekreter Rüzgâr,

Bir öncüye yakışmaz, Kromanyon ülkesinin sultanının iş, alet ve avadanlık adlarında üç evladı vardı diyerek ortalarda dolaşmak. Elini yüreğine koy ve Angola kadın örgütünün başkanının altı çocuk doğurduğu diyara bir de coğrafya haritalarından bak. Oralar ormanlık. Ricamızı kırma ve bireysel boyutlar kazanma meselesini lütfen devrimden sonraya bırak.

Not: Kongre salonunu süsleme görevi size verildi.
Bebeğin aldırılması için gerekli parayı K.H.K. sağlayacaktır.

Benim düşsel ilişkilerim,

Kazablanka, tahta işlemeli direkleri, aynalı duvarları ve yaldızlı perdeleriyle beni çarptı. Midemde bulantılar ve başımda dönmelerle loş koridorlardan geçip sahne ışıklarıyla kamaşan gözlerimi titreyen parmaklarımla yatıştırdıktan sonra, rüyalarımın kongre salonunu birdenbire karşımda buldum. Tavan yüksekliklerinin ve salon genişliklerinin, daha çok toprağın altından akan suların gerçekliğine inanan benim gibiler için aslında önemi yoktur. Siz istediniz diye işlemeli direklerin arasını çelik metreyle ölçtüm. Aşeren bir militan olduğum için tavandan sarkan kâğıt yıldızlara pek bakamadım. Bana geçmiş korkularımı ve tiksintilerimi hatırlattılar.

Mukoşka, onun duru mavi tenini koklamak istediğim gün, bir kez daha hayatımın benim olmadığını anladım, biliyorsun. Gözlerinin buğusundan ve ağlamaklı bakışlarından daha gerçek olan hiçbir şey yoktu. Yüzündeki kırılmalar soluklarıma sindiği zaman, ciğerlerimden süzüldüğünde ve ruhumun karanlık duvarlarına yansıdığında bükülerek sarsıldım. Gördüğüm, kâğıtları kıvıran ince elleri ve parmaklarından kayan köle edici biçimlerdi yalnızca. Bu biçimlerin içimde neyi kışkırttığını hâlâ bulabilmiş değilim ama ona duyduğum bağlılıktan başka bir şeye inanmadım. Sana o usul sevgiden söz açtığımda, gözlerinden geçen renkler, dudaklarını çeken anlamlı gülümseme beni utandıracak kadar saldırgandı. Çünkü beynimdeki zeminlerin sık sık kaydığını senden daha iyi kimse bilemez. Hatırlamaya çalış, bana, "Gidecek başka yerimiz olmadığı için burdayız," deyişini. Sana evinden uzaklara giden insanların büyük yalancılar olduğunu söyledim galiba. Haklıydım, Mukoşka. O olmasaydı canım, küçük gece odasından başka gidecek bir yeri mutlaka bulacaktık.

Gece evlerinin slogan duvarları ve yaz, inançsızlığımı onunla gizli bir maceraya dönüştürmeme yardımcı oldular. Boyadığımız bezlerin, sararan yüzü ve incelen bedeni için duyduğum kaygıyı hiçbir zaman yansıtamayacağını mırıldandım. Gözlerini çevreleyen siyah çizgiler, pankartların, yoksul insanların, başımızı eğdiğimiz örgütlenme dosyalarının gölgesiyle okşanıyordu. Boynunu hafifçe omuzuna bıraktığı anı, gülümsemeyle açılan dişleri kolunu ezdiğinde, soluklarım ürperince anladım. Derinliğini görünmez kılan, duyarlı kıvrımlarını belirsizleştiren bu gölge kalabalığından, ruhuna dayanılmaz hazlar akıyordu. Akıllandırılmış düşlerin, onu evcilleştireceğini düşünerek yaralandım. Hızla aynılaşması, grev çadırlarına, meydanlara ve konducu kadınların yüzlerine astığımız muskalara tutulması beni üzüyordu. Günlerce korkuların, seğirmelerin, fısıltıların arasında yaşadım ve bir sabah ruhunda bir fırtınayı hazır bekletip bekletmediğini sordum. "Fırtına" sözlük karşılığının dışında hiçbir acıyı ya da sevinci çağrıştırmadı. Sevgili Başkanımızın kirpikleri, sözcüklerin çıkardığı rüzgârlara şiddetle karşı koydu. Her şey maddeler halinde yazılmalıydı artık.

a) Ruhunu zenginleştiren tüm ayrıntıları ve bildiği iki yabancı dili unuttu. b) On üç kilo zayıfladı. c) Ön dişleri çürüdü. d) Yüzü renk değiştirdi've alnı ipliklendi. e) Gözlerinin ışığı eridi ve saçlarının uçları cansız tavuk hastalığına yakalandı. f) Uzun yıllardır sevdiği adamı, kaçık çorapla sokağa çıktığı ilk gün, ideolojik nedenlerle terk etti. g) İyi bir mimar olduğu için şahsına ödenen yüksek tazminatla proleter grevcilere çadır yemeği ısmarladı. ğ) Lüks restauranlardan birinin mutfağında buğulanan balıkları, kocaman tepsiler içinde, taksi şoförlerinin yardımlarıyla, sıcağı sıcağına fabrika kapılarına taşıdıktan sonra parasız kaldı. h) Çok zayıfladığı, yeni etek alamadığı, eski eteklerinin beli, beline bol geldiği için, yürürken eteklerini çekiştirmeye ve hırçınlaşmaya başladı. ı) Balıkçı tablalarının daralttığı kalabalık bir çarşı içinden geçerken parmaklarını usulca omuzuma dokundurarak öfkeden ağladı ve otoriteden parçalanan dudaklarıyla, "Senden beklemezdim!" diye mırıldandı. "Herkesin doğuracağı aklıma gelirdi ama senin asla!.."

"Hayatın görünmeyen yüzüne umutsuz bir aşkla bağlı olan kalbim," diye inledim. "Onun maviliğe batmış gözlerinde, dudaklarında, sarı küçük burnunda ürkütücü, vahşi bir kendini tanımazlığın dolaştığını kabul et.."

Değerli delege arkadaşlarım, sayın konuklar, sizlere somut bir gereksinmemizden söz etmek istiyorum. Bölgemiz için bir helikopter şart oldu. Çizdiğimiz haritalar bizi yanıltmaya başladı. Sayısız mahallenin, çok sayıda işçi kalesinin, birbirine benzeyen küçük gece evlerinin ortasında güneş ışığında kaybolduk. Dileğimiz, kongrenin fon oluşturmak için karar almasıdır. Bölgemizi kuş bakışı görmek en yakıcı düşümüzdür. Yaşasın emekçi kadınların birliği. (Sürekli alkışlar.)

Divan Başkanlığına, biz G..suyu Mahallesi'nden geldik. Gündelikçi kadınlar olduğumuz için burdayız. Z. arkadaş bize böyle olacağını anlatmadı. Burda boyalı kadınlar var. Biz sosyalizmi böyle bilmiyoruz. Güleser, Gülefer, Zeytın, Pamuk, Altın, Pembe, Köpük.

Sevgili kız kardeşlerim, güneşi emziren analar, savaşa giden oğullarının, kocalarının ardından en güzel ağıtları yakan acılı kadınlar, sizlere selam olsun! Anadolumuzun bağrında boy atan filiz gibi kızlarımızdan kongreye bin merhaba! Bilimle donatılmış kızlarımız, kongrenin revizyonist eğilimlerinden kuşkusuz huzursuzluk duydular. Ama ben delege arkadaşlarımın revizyonizmin ipliğini pazara çıkaracağından eminim. Doğum izni, kürtaj, süt, kreş meselelerini dile getiren arkadaşlar yeterince konuştular kanısındayız. Kararlara katıldık. Dileğimiz kadro politikasının daha kesin bir dille, kaypak tavırlara prim vermeden tartışılmasıdır. Politikasızlık, acıdan yürekleri göğüs kafeslerine sığmayan kadınlarımızı boşu boşuna bekletmek, sise sürmek, karmaşada boğmak, belirsizliğin içine bırakmaktır. (Alkışlar, ağlayanlar.)

Dostlarım, kongremize grevci kadınlardan selam getirme onurunu bizimle paylaşan Gülfidan arkadaşımızın yaptığı hırçın konuşmayı bir kez daha değerlendirmenizi isteyeceğim sizden. Kendisinin iyi bir fabrika faresi, çılgın bir çadır kuşu olduğunu hepimiz biliyoruz. Propaganda malzemesi üretmekte üstüne yoktur. Ondan, üstlendiği örgütlenme sorumluluğuna yaraşır bir konuşma yapmasını bekliyorduk. Ama o biz delegelere tuhaf ve yersiz sorular yöneltti. En genç başkan olmanın savrukluğu içinde yanıltıcı noktalara sürüklendiğini görerek üzüldük. Gözyaşlarından söz etmenin yeri ve zamanı değildir. "Grevci kadınlar gülüyorlardı ve biz heyecandan ağlıyorduk, bu saçma gelmiyor mu size?" Böyle soru olmaz, arkadaşlar! Kutlama mesajını almadan önce baklava kutusunun ardından koşan işçi kadınlar! Asıl saçma olan bu hikâyenin kendisidir. Bizler, bir dilim baklavanın, işçi kadınları, mesajlarımızdan daha çok etkilediğini kabul edemeyiz. Elbette ki baklava tahrik edici bir tatlı. Tüm vardiyalarda gazinoculuk oynayan grevci kızlara diyeceğimiz bir şey yoktur. Elimizden geldiğince onlara bildiğimiz marşları öğretmeye çalışacağız. Bu marşların dayatma olduğuna katılmıyoruz. Canları isterse türkülerin sözlerini bozup değiştirmeye devam edebilirler. Ama bizim inançlarımızın onların kulaklarından daha inatçı olduğunu yakında anlayacaklar. Her vardiyada en az on grevcinin öteki grevcilere bavullar içinde makyaj malzemesi satmasına gelince, paraları varsa alırlar, bize ne? Arkadaşımız ayağındaki süet botun ucunun yırtılmış olduğunu, bot uçlarının işçilere havladığını, bu nedenle ayakkabılarını işçiler görmesin diye tahta sıraların altına sakladığını anlattı. Doğrusu çok duygulandırıcı bir manzara.. Benim önerim işçilerle dayanışma için toplanan eşyaların arasından yırtık olmayan bir ayakkabı bulup ayağına giymesidir.. Bu arkadaş övünülmesi gereken her çabayı, özveriyi, bir zavallılıkmış gibi yansıttı bize.. Yakılacak bir makete giydirilmesi için son basma eteğini işçilere vermesi, bizce alkışlanacak bir tavırdır.. Saygılarımla..

Yüce sınıfımız için, kendi düşlerine tutulan insanların çektiği acıyı, reddedilmenin yüreklerinde yaktığı ateşi düşündüm. Saç kıvrımlarında güvercin saklayan kadın afişlerinin kül oluşunu.. Karanfil yapraklarının kuruyup dökülüşünü ve yoksul kadınları büyülemek için sunduğum bedenimin ruhuma yönelttiği öfkeyi..

Gözlerimin önünden bir çırpıda silinip giden masal kuleleri, Zümrüdüanka kuşları, gidenlerin geri dönmediği yol ağızları, cin padişahları, gökyüzünde açılan pencereler, o pencerelerden evde kalmış kız hüznüyle yüzüme bakan, kirpiklerinde renkli pullar gördüğünü babamın yeminle söylediği upuzun saçlı cinsel özlemler, bedenimin ruhumu hırpaladığı gecelerden birinde, ay ışıklarıyla pırıl pırıl yıkanmış olaraktan camları doldurdular. Belleğim, kışkırtıcı bir canavarın yerdeki ağzına doğru uzattı beni. Bedenim ondan kopup giden on yılın, tenindeki pürüzlerin, hızla eskittiğim, ıpılık kıvrımlarında saklı sırlarının bedelini istedi. Kesin, kanlı bir intikamın peşindeydi.

At kestanelerinin hışırtılı bahçesinden, küçük cam merdivenleriyle sonsuz maviliğe tırmanan o koskocaman sitenin zemin katında, eli silahlı adamları bize unutturuşunu, elini yüzünü boyayarak düzenlediğin korku gösterilerini, ayıcı kız kılığına bürünüşünü, kahkaha taklitlerini ve tef çalışını hep hatırladık. Çıldırtıcı görüntülerin, burnumuzun içini acıtan duyguların, bulutlar gibi usulca kayan, iç içe erimeden yayılan renklerin arasından gizli bir kederle kendine bakardın. O vakit cennet düşlerimizin öldürücü güzellikteki hayali gözlerimizin önüne gelirdi. Soğukkanlı bir büyücü sessizliğiyle koridorlardan geçişin, annenin ölü gölgesiyle avunuşun, cinlerinin kollarında sabaha karşı uykuya dalışın.. Bıktırıcı, kımıltısız gündüzler için hepimize haklı yüzler yapardın. Hayatın utancını tek başına taşımak istemeseydin bize yaptığın yüzlere büyük aşklarla hep bağlı kalacaktın. Keşke geceleri oynadığın acılı oyunlardan, bedeninin zafer isteyen vahşi hırsından yüreğini koruyabilseydin. Ama sen, kendine ait bir hayat parçasını ele geçirme hayaline çarpıldın ve gözleri köpükler içinde yüzen karanlık perileriyle düşüp kalkmaya başladın. Bedeninin öfkeyle seni kaldırıp attığı yer ta ötelerdeki dünyandı. Ne yazık ki seni orda, kendine yaptığın tarihin kahramanları karşılamadı. Bizler, uzaktan kulağımıza gelen, yüzlerimizi delip yaralayan çığlıklarının yerini bulamadık. Beyninin tehlikede olduğunu, varlığının uyku uçlarında takılıp kaldığını düşünerek kireç gibi kesildik ve birbirimize sokularak sessizce üzüldük.

Mukoşka, o açık saçık gelinlikle evlendiğin gün, alnına düşen ipek çiçekleri ve gözlerindeki öfkeli gölge beni çılgına çevirdi. "Hayatın utancını tek başına taşımaya kalkışan bir fedainin hikâyesi bence de göz yaşartıcı olmalı.." dedin. Dudakların sıcak, dumanlı bir kül tutamı gibiydi. Neden bilmiyorum, yanaklarımı yakma isteğine kapıldın. Beni öptün ve acıdan gözlerim kapandı. Tüm duyguların ardına yuvarlandım ve başımı duvara çarptım. Döndüğümde, yırtıcı canavarlarla boğuşuyormuş hissiyle hırıldayan soluğun uçup gitmişti. Yanımda yoktun. Oysa, oraya kalbimden gelen seslerin yüzünü çizişini seyretmeye gelmiştim. Canım, kimdi o fedai? Gerçekten de ben miydim? "Örgütümüzün evlilik kanadı çöküyor," diyerek çığlık çığlığa komik gece nutukları atan ve ardından işveyle fısıldayan kız kardeşin. "Sevgilim! Ortak platformumuz yok edildi. Artık cinsel bir beraberlikten söz edemeyiz. Bildiğin gibi burjuvazi, evlilik kurumuna karşı kanlı bir darbe tezgâhladı. Kalbim alev içinde ama elveda.." Ah, Mukoşka, o öldü. Ölümünü altı ay sakladılar benden ve sen evlendin. Ağaçlar, gökyüzü ve toprak o kadar hızlı renk değiştirdi ki, şaşırdım, canım. Sanıyordum ki hepimiz eskiden olduğu gibi hep birbirimizin yüzüyle sınırlı kalacağız. Boş ve saçma bir oyunmuş oynadığımız. Yalnızca bizi saklayan o evde polis korkumuzu avutabildik bir parça. Bir zaman için işimize yaradı, lambalara astığım Arapça yazılı yağlı kâğıtlar. Altında hu çekerek düzenlediğim "Korku kovma ayinleri" ve siyah bez torbadan size çektirdiğim armağanlı sorular. Dünyanın en güçlü savunma mekanizması nasıl kurulur? Mukoşka, dehşet verici sorulara gülmekten bayılarak verdiğimiz cevapları hatırla ve söyle: Niçin bu kadar bağlıyım geçmiş zamana? De ki: Hayatının boşluğa savrulan yüzünden öyle çok nefret ediyorsun ki, seni mutsuz eden bu yüze yıllarca bakmak, ellerinle kavramak ve anlamak istiyorsun. Belki de Mukoşka, bir fedai hikâyesinden daha derin bir yerdedir gerçek. Bence ikimiz de mutluluk düşleri kuruyoruz ve biliyoruz ki Allah cinlerini eksik etmeyecek düşlerimizin üstünden. Eminim çok yakında, kurduğun savunma hattında başına açılacak belaları, o soğukkanlılığına, güçlü iradene ve hayatı donduran sabrına rağmen balla yiyemeyeceksin. Benimkiyse, ürkütücü bir operasyon. Belleğimi kesip biçmeye ve parçalamaya başladım. Apaçık yeşil yüzlü çocukluk arkadaşım. İlk kez ayrılıyor galiba yollarımız. Bölgemiz karantina altında. Biliyorsun hayat aptalca önlemlerle dolu. Bizimkiler karar verdiler. Evin gizli kalacak. Bir yıl ya da daha uzun bir zaman görüşemeyeceğiz. Bu, bütün bir hayat bir daha yan yana gelemeyiz demektir de herhalde. Şimdi beni dinle. Geri dönmüyorum. İçimden bir ses bu yolun, nihayetinde Dev Sefid'in zindanının karanlığında silinip kaybolacağını söylüyor. Aldırmıyorum. Kadınlık korkusunun tuzak dolu sesi bu. Belki de beni alt eder. Kendime çok güvendiğimi sanmıyorum. Üst üste gördüğüm rüyalardan "çok inisiyatifli bir kadro" olmadığım anlaşılıyor. Fedai ya da kahraman dediklerine bakma. Allah aşkına canım bunlar ayıp laflar..

"Soluklarım alevlerin içinde sevişirken bu gece, ah ölürsen bu lüzumsuz ağrılar yüzünden?.. Kızım olursa adını Sekreter Rüzgâr koyacağım.."

"Onun yanı başına, kimsesizler mezarlığına gömülmem için örgütümüzü uyar.."

"Ah ne istersen yaparım.. Rezil ve hakim olan.. Ne istersen yaparım.."

"Tanrım bu sevişme fısıltıları nerden geliyor. Kulaklarımı yakan bu çılgın âşık da kim? Ey sıcak uğultu, deliriyor muyum yoksa.. Ah ne istersen yap bana.. Ah ne istersen.."

"Yüzündeki o alaycı gülümseme seni kahretsin! Bir sevişme fısıltısı değil, örgütlenmiş düşüncenin sesi bu.."

"Ay benim çocukluk kalbim! O sesi sevişme fısıltılarına dönüştürmenin ilmini yaptı senin kız kardeşin.. Nasıl geçerdi o on yıl, bedenimi sloganlarla cinsel aşk yaşamaya zorlamasaydım.."

"Bizi sinsilerin zulmünden koru yarabbim.."

"En çok da kanlı bir intikam için şaha kalkan bedenlerin vahşi hırsından.. Mukoşka, bırak şimdi güven duygularıyla cilveleşmeyi.. Aramızdaki tülleri bile yakıp yok etmedik mi canım.."

"Hep senin sapık emellerin yüzünden.. İki başlı bir kadın olup dört mememiz iki düzgün iki eğri bacağımızla insanların ilk tanrılarını kıskandırmaya kalkıştık ve başımıza bin türlü bela açıldı.."

"Başımıza açılan belaların karanlıklar içindeki kaynağına inmeye hazırlanan bu cesaret perisini, niçin vişne renkli bir camdan damlayan sular gibi parıltılı gülücüklerinle uğurlamayı düşünmüyorsun, anlamıyorum.."

"Çünkü politik kariyerler, örgüt içindeki konumların mülkiyeti gibi hukuki işlerle uğraşmayı yine bana bıraktın.. Bu ülkenin gizli sahipleriyle bir başıma nasıl boğuşacağım.. Sen bireysel zevklerin bahçesinde gezerken.."

"Hıçkırık bülbülleri gibi.. Mukoşka, burnuna kadar günaha batmayı kim ister.. Ah ama kader.. Beni yöneten ruhun bilinmezliğinde yatıyor kötülük.. Bedenim emirlere karşı geliyor.. Zavallı bir seyirciyim ben.."

"Çatışmayı iyi bir yerden seyretmek için yarışıyorsun sadece.. Öyle mi?"

"Eh! Bu da bazı sinsiliklere yol açıyor hayatım, kaçınılmaz olarak.."

"Fakirlikler içinde geçmiş çocukluğun iç parçalayıcı izleri.."

"Anlayışına hayranım.."

"Bu nedenle o eylül sabahından sonra arka odaya kapanarak üstünde süründüğün bilimsel çalışmanın notlarını bana düğün armağanı olarak sunacaksın.."

"'Genç bir kadında uyumak arzusu ve iktidarsızlık' bu mühim metin yolunu aydınlatacak.."

"Bir kendini beğenmişlik gravürüsün sen.."

"Sen de küçük emeklerin hazinesisin, elveda.."

O eylül sabahından sonra, "Ey yüzümü yiyen siyah yastıklar!" diye inlemeye başlayan Sekreter Rüzgâr, alnına vurmak için ağrıların ayaklandığını ve kanlı cam elbiseler içinde arz-ı endam ettiklerini gülerek anlattıktan sonra hüzünlendi, "Tüm hırıltılı sesler şahidimdir ki," dedi, "onun öldüğünü söyledikleri gün, duygular ve düşünceler de artık garip canlıların suretinde gözlerime görünmeye başladı."

Benim zehirli aşk şurubundan olma annem, ölü ölü sayıklarken, oğlum da ayak ucumda bir kenara atılmış pembe bir tüy gibi küsküncene uyukluyordu. Dört yıl kadar önce karyolalar odasında bedenimin boş bir teneke tıngırtısını andıran seslerini dinliyordum. – Ah kim kahredici metalik sesiyle fısıldadı ki, ben böyle soysuz bir aldanmaya avuç açmaktan başka çare bulamaz oldum. Fakirlik ruhumun pençesine yapıştı. O çılgın rüzgârım da sünepe bir soluk kesildi. Kırgın ciğerimin bronşlarını öptükten sonra zarını yalayacak kadar ayağa düştü. Eskiden bacaklarım titrese de yollarda uzun uzun yürürdüm. Evlerle sokaklar içimi ürpertmezdi. Geniş yer fobim de yoktu. Şimdi gözlerimi sürekli yummaktayım ve dünyanın kollarımla sarabileceğim kadar küçük karanlık bir boşluk olduğunu tekrarlayarak kendimi avutmaktayım.

Annem soluğunu içine çekip kirpiklerime üfledi. Beyaz, ılık bir bulut parçası gibi dağılganlaştım.

Ey piçlik duygusu! Gözlerinin boşluğa süzülüşünden onun mahzun bir hayatsız olduğunu hemen anladın. Bakmaya kıyamadığım yüzünün aynasına eğildin. Zavallı masum kulaklarının içine sızdın. Kızıma musallat olan politik hüzün onun yüzünü tebeşirle boyadı. Sen de dünyayla arasındaki büyüyü bozdun. Yıllar önce bir tutam kırmızı toz oldu kanım ve adım öte dünyanın rüzgârlı mağaralarına yazıldı. O beni sesleyince yok olmuş ellerime yalvardım. Ölümün ürkütücülüğünden korumak istedim yavrucuğumu. Gözlerimin üstüne siyah tül peçemi taktılar. Dudaklarım titremeler içinde siyah Murat otomobile atladım ve onu o arka odada, göğüs kafesinin altında sümüklü bir böcek yavrusu gibi büzülmüş soluklanırken buldum. Çok sayıda kederli tıngırtı kızımın belleğini oyuncak etmiş eğleşiyordu. Sen de o tuhaf cisminle ortalarda geziniyordun. İki ölü kulağımla apaçık duydum. Zehirli sesinle, bedeninde her şeyi tüketen bir ruhun yuvalandığını fısıldıyordun. Kendimi tutamayıp sana küfürler yağdırdım ve ikimiz kavgaya tutuştuk. Ruhlar arasındaki başarı ilişkisinden söz açarak yakanı kurtarmaya kalkıştın. Bu dünyada ezilmiş, horlanmış bir kadın olduğumu, Gülfidan'ın çığlıklarını duyunca annesinin suretine büründüğümü, bunu da intikam olsun diye yaptığımı söyleyecek kadar alçaldın. Neyse ki kızım beni, ölmeden az önce yediğim, dudağımın hemen kıyıcığında kalan nokta kadar küçük çilek lekesinden tanıdı. Gülfidan'ı yabancı bir yalancı olduğuma inandıramadın.. Boynuma sarıldı ve ağlamaya başladı. Yanaklarına yayılan tuz kristallerini toplarken düştüğü derin umutsuzluktan ancak aşkı yücelterek kurtulabileceğini anladım. Aşk sözü seni kanatlı bir at gibi şaha kaldırdı. İkimizin ortak tarihinden o hırıltılı sesinle alıntılar yaptın ve kızımı bana karşı kışkırttın. Politikanın yerini alacak aşkın soysuzluğundan dem vurdun. Teorik birikiminle küçük bir çocuğun gözlerini kamaştırdın ve ona hayat taşıyacak kaynakları kuruttun. Gülfidan, "Aşk için tensel bir bilgim de yok ki!" diyerek sitemler içinden yüzüme baktı. Manevi tarihinden bihaber olduğunu ilan edip yakınmaya başladı. Orada, karyolalar odasında, zift gibi yapışkan ve karanlık bir lekeyi andıran beyniyle oynaşıp duran teneke tıngırtılarından da beni sorumlu tuttu. "Ah," dedim ona, "ah, itler anne olmasın!" Kızımın aklına kar kuyularını, Dev Sefid'in zindanını, zaman içindeki zamanları sen soktun. Dışardaki hayatı beğenmez oldu. Uyku uçlarına senin çengelinle asılmayı da marifet saydı. Sonra benim o tembel ve aceleci tabiatlı kızım kuşku küllerini eşeleyip sesleri bozdu. Altını çizerek çalıştığı anne derslerinden bıkıp usanacağını hayal ederken de mekânları parçaladı. Ölü dizlerimde renk renk yumaklar, torunuma dört şişle çorap örüyordum ki, birdenbire kendimi, kalbimde açılan koskocaman bir yaranın içinde buldum. O kehribar boyalı eyvah taşları soluk boruma inciler gibi dizildi. İğrenç bir komplonun kurbanı oldum. Küçük gece odalarının kızı, ölü ellerime soğukkanlı bir örgütçünün haklı edasıyla eğildi. Yüzüne balmumu kalbimin içinden gizli bir güvensizlikle baktım. "Anne," diyen sesi, ta uzaklardan, ağzı mor köpüklü kuşların karnından geldi, "beni affet, biliyorum, canavarlaştım!."

Üçüncü kez başını alıp gidince hayatım, alev makineleriyle, pencere pervazlarıyla, elektrik kablolarıyla çıkıp geldiğinde karabasan, çocukken yediğim masum dayakları hatırlayarak avutmaya çalışınca kendimi, anladım.. Savaşmanın dehşet verici sonuçlarına ruhumun beni hazırlamadığını.. Eskiden oturduğum evlerin kapıları çalınınca ne çok şaşırdım. Korkularımın kaynağını tarif edemediğim için kendime her geçen gün daha da zavallılandım. – Sanmasınlar artık gözle görülebilir yerlerde dolaştığımı. Geleceğimi gerçeğin ta dışına çıkardım..

Elimde bir tek senin ışıklı gölgen, kömür karası saçların kaldı. Rüzgâra karışan fısıltılar, bedeninin bir belirip bir yok olan kıvrımları.. Yüzün, belleğimden boğuşarak kopardığım buruşmuş bir defter yaprağından farksızdı. Siyah toz boyalı gözlerin, yanaklarında açılan doğu gülleri, alnındaki altın yılan lekesi.. Çok eski zaman haritalarını andıran, o buruşmuş defter yaprağından kanlı camlarıma yansıyan büyüleyici şeklin.. Hep kül dağlarının ve dumanların geçit vermediği topraklardan söz açtı. Aramızdaki kader bağları – Ah ne yazık! – Beni varlığının avcısı olmaya zorladı.

Yarı deli bir köylü suretiyle, Urartlı masal kızları gibi zaman içindeki zamanları dolaşmaya başladım. Sevgili Başkanımız taş basması kırık bacağıma hayretle bakıp, "Niçin ben senin sarsıldığın gibi sarsılmadım, anlamıyorum.." diye mırıldandı. "Niçin az ötede çimento çatlaklarına gül fidanı diken komşularına bir kezcik olsun dönüp bakmadın. Beyaz kemik tozları niçin yalnızca senin gözlerinin içine doldu. O talihsiz ölüyü çağırıp arka odalara kapattın. Niçin hırpaladın kadıncağızı. Bana verdiğin kalbini de geri aldın, niçin, niçin?. Gözlerimi yumdum ve o upuzun masanın başında yanaklarına örtülmüş ellerinin arasından hep gülerken gördüm ağzını. Kazağının kolları dirseklerine kadar sıvanmış rüyalar gibi militan kendine acımadı, niçin?"

En yakın dostlarım kendime duyduğum sevgiyi kaybetmeyi göze aldığım için yas tutuyor.. içimdeki kitlenmiş damarların acısına dayanamadığımı söylediğim zaman, parmaklarıyla dudaklarıma kapanarak.. Kaybetmeyi göze aldığım için koruyabildiğimi, kendime duyduğum sevgiyi.. anlamak istemiyorlar.. Şu acıklı hayat hikâyem.. zavallı politik bir yalan.. Ama ne çabuk kandırdı kulakları.. Oysa ben, ta başından beri kendimde, gözyaşıyla yetinmeyecek bir hınzırın varlığını seziyorum. Hem şöyle düşünmemek niye: Bu sarsıntı, hayatın değişmesine en çok ihtiyacı olan insanları buluyor belki de..

Desem ki: Çırpınmalarla geçtiğim yol, nihayetinde Dev Sefid'in zindanının karanlığında birdenbire silinip kayboldu. İlkin vahşilenmiş bedenimin intikam zamanının gelip çattığını düşündüm. Ruhumu, dinsel korkuların kaynağına sürükleyip boğacağını sandım. Ölümle yüzleşeceğim aklıma gelince heyecandan sarılandım ve cehenneme atılacakmışım gibi bir korkuya kapıldım. Ansızın, sözünü ettiğim o sevgili mucize yanıma uğradı ve beynimin dünyayı aydınlatan mavi beyaz ışıkları parlamaya başladı. Tüm duygu ve düşünceler garip canlıların suretinde gözlerimin içine doldu. Bedenim de Dev Sefid'in canlı ve cansız savaşçıları tarafından sarıldı. Öylece ortalarında savunmasız kalakaldım.

Okluğunda ucu kimyalı fısıltılar, Gülfidan'ı kurtarmak için onca yol gittikten sonra, "Benim aynamdı ve aynımdı," dediği, kızıl kanatlarıyla ağır ağır kül süpüren o genç kadını, ölü bir canavar olan hayat bilgisinin mezarında çırılçıplak yatarken buldu.. Şeffaf, iletken bir kâğıdı andırıyordu. "İçindeki zaman boşaltılmış gibi duran, gözleri yarı açık yeşil gri.." Bir insan yansıması gibi tanımlamak.. Hayır, hayır, doğru olmuyordu. Daha çok çocukken babasının ona anlattığı, gündüzün görünmeyen, karanlık bastırınca top gibi ışıklar saçan zaman cininin atlanıp peşine düştükleri korku uyandırıcı köy hikâyesinin belleğinde yer etmiş iziydi o.. Eni, boyu, derinliği olmayan boyutsuz bir şey.. Sık sık soluklarında duyduğu topuk seslerini, köpük ve ter kokusunu, "Biz yaklaştıkça o uzaklaşıyordu!" cümlesini hatırlatıyordu. Babasının elindeki sopayla toprağa çizdiği çizginin üstüne yan yana halkalar sıralayışının (zaman cininin saçtığı ışıkların şekliydi bu) çocukluktan kalma hayali, boşlukta yeniden canlanıyordu.

Dostlarımın çığlıklarım sandığı, Dev Sefid'in canlı ve cansız savaşçılarının kahkahalarıydı. Maddeci bilincin diyarında ruhani bir kışkırtıcı gibi dolanmış bulunduğumu yüzüme vurdular. Kendimi yalnızca gerçekliğe ait zararsız bir canlı sanmakla haksızlık ettiğim, nihayet tanrısının içini doldurup boşalttığı zavallı bir mahluk olaraktan karşıma çıktı. Kutsal geyik gibi boynuzluydu. Alnı göçük, burunsuzdu. Onu görünce beni doğuran kadına lanetler yağdırmaya başladım. Dostlarıma öfkelendim ve kendi gözlerime görünemez oldum.

Mukoşka, öyle seziyorum ki uzunca bir soluk, beni senin sesinden başka hiçbir ses avutamaz artık. Şu güvenlik önlemleri olmasaydı da oturup dertleşebilseydik, canım. Yalnızca sen benimle eş bir acı duyabilirsin gibi geliyor bana. Hem kadınsın (bu sözü yok sayanlar cehennem alevlerine sarılsın), hem sınıf kardeşiyiz ikimiz (bu söze bize bilinç incisini taşıyanlar alınsın), hem de kendimi alnı göçük, burunsuz bir konumda bulana dek yol arkadaşımdın benim. Yeniden ta geriye dönüşün, hüzne oturur gibi oturmakta olduğu aynı eski yüzlü koltukta başını kaldırarak söylediklerini birlikte dinleyebilseydik.

Beni kendine en yakın yedi ruhtan biri seçtiğin için elimi yüzüme alıp sesinin karşısında uçuk mavi gömleğimle poz verdim. Varlığınla gözlerime bulaştırdığın sevinci, bana yakıştırdığın "Bahar delikanlısı" sıfatını, tarihime duyduğun saygıyı farkında bile olmadan kâğıdına geçireceğinden emindim. Çünkü sende umut her zaman var olandı ve sıcak bulutlardan damlayandı, su içinde şiirin.. Bu defa da hiç şüphe yok ki, Hasbahçe'de, kıpkırmızı tafta dekoltenle ve artistliğinle büyülendim. Sözcüklerin mekân gibi kullanımı, cümlelerin hareketinden doğan hışırtı.. Güneşin başından girip topuğundan çıktığını anlatmak için gövdeni büktüğünde, beni göz kamaştırıcı bir hınzırlıkla alt ettin. Yüreğinden gelen titreşimlerin, yüreğimin kıpırtılarına uygunluğu konusunda daha başka ne söyleyebilirim! Yine de bir kez daha, "Bu sabah çok ihtiyacım var, bana sesinizi verin, işitmek istiyorum," diyen yanık kahverengi yalnızlığını göndermek istersen, kulağımın incecik kadife kaplı yolları onundur bilesin. Toprağın kımıldanmasının müziğine, zaman cininin ışıklı çocuk hayaline kim mani olabilir! Ama: Dünyanın haline şaşan kirazların dudaklarından kopup yere düşeceklerini, orada tozlanıp çürüyeceklerini ikide bir tekrarlayarak beni yoruyorsun. Ama: Ciğerini çıkarıp usulca bir kenara bıraktıktan sonra, fildişi kaburgalarının altını bomboş bırakıyorsun dediğim zaman, küçük öfkelerinden bir kasırga yapıp kıyameti kopartıyorsun ve ben söylediklerimi söylememiş gibi oluyorum. Ama: Düşüncelerimin seni sarstığını, iki gün ayakların karalara asılı vaziyette baş aşağı sallanıp durduğunu, o öfke kabarcıklarının sönerken çıkardığı belli belirsiz sesle fısıldayarak beni susma cihetine sürüklüyorsun. O bana sözünü ettiğin cümleyi, "Bizim evlerimizin kapısını çalan insanlarla bizim duygularımız tutmaz!" cümlesini bir türlü kıyıp da bana armağan edemiyorsun. Oysa ben senden sözlerini kırpıp biçmen için altın makasımı esirgemiyorum. "Yoksul olmak," diyorsun, "biraz da kırık bir iskelete sahip olmak gibidir. Bunu söylemek beni utandırmıyor. Onlar kaygan, ebruli ve yumuşak karnındadır hayatın. Ta okyanus ötelerine kadar uzanır kanalları. Su yolları bulup kayarlar, tıpkı göçmen balıklar gibi.. Biz, evlerimizin kondu mavisi duvarlarının arasında sıkışıp kalırız. Derin bir acıdır dalgaların camlarımızdan uzaklaşışı.. Hüzün daha başka ne olabilir, parıltıların kalbimizi kendimizden utanmaya terk edip gidişinden.. Bu yüzden, o duvarlardan birinin üstündeki kırık dökük kapıları çalmak o kadar kolay olmamalı.." Düşlerin tuzlu kilidini elinde tutan insanların, en çok o düşlere ihtiyacı olan insanlar olmaması.. Anlamak istemiyorsun, duyduğun acıya ancak kendi sınırlarını çizerek dayanabileceğini biliyorum. Ama: Tarihin kayıp. Ama: Belleğin paramparça. Sınırlarını çizerken, umudun hâlâ içinde oturduğu eski yapıyı ince bir sesle –mezardan bile geliyor olsa– alaya alman doğru değil. Bana insanların düşlerine layık olmadıklarını söyleme. "Benim için onlar diye bir şey var ama," dediğin cümleyi, senin hamurun demek olan yoksulluğun, ruhunu hırpalayan baskıların gerçek nedenlerinin önüne koyabilir misin? İllegalitenin masal yazıcısı Gülfidan, sana söyledim, bu laf Amerika'ya kadar gider, haberin olsun. Kana bulanmış saçlarını kanıt diye göstermen hiçbir işe yaramaz. Ölü anneciğin, kalbini doldurup boşaltan duygular, çok katlı sözcükler... Ah! Seni durdurabileceğimi bilsem, yaşlılığıma rağmen oraya, yeşil yaprağın mavi ışığı süzdüğü, toprağın hüzünle gölgelendiği bahçeye seninle çay içmeye gelirim. Emin ol, hayatım boyunca sevgi duyduğum o insanlara ve sana, çizdiğin sınırların dışından bakmaya katlanabilirim. "Sen nasıl geldin bu hale!" ya da, "Sende vardır, umut ver!" diyorsam, yüzün için seçtiğin renklerin huzursuzluğu, gözlerine oturan uykusuzluk beni üzdüğündendir. Ben artık yaşlıyım ve hayatı sürüklemenin sayısız yolunun yerini biliyorum. Ama sen daha çok gençsin. Tenindeki tazelik gözlerime çalınınca, belleğiyle oynamaktan zevk alan bir çocuğun karşısında oturup oturmadığımı soruyorum kendime. Bazen savrulan bir tülün ardındaymışsın gibi geliyor bana. Küçük, cıvıltılı bir sevinç duyuyorum. "Yüzü çirkin olan insanları niçin seviyorum, biliyor musunuz? Sanki ellerimi uzatıp yüzleriyle oynamışım ve ben bozmuşum gibi geliyor.." O incecik, kırılgan boynunu bulutlara uzatışın, sesindeki büyüklenme beni korkutuyor. Bana da sen bozmuşsun gibi geliyor. Yalnızca çirkin insanların yüzlerini değil üstelik.. Annenin, arkadaşlarının, Mukoşka'nın ve tüm dünyanın yüzünü.. Belki de onlara bağlılığın duyduğun suçluluktan kaynaklanıyor.

Orada, fabrika sözcüğünün asfalt yol boyunca ikide bir tekrarlandığı boşlukta, geçmiş zamanın içinde duruyorum. Rüzgârın kıvrımlarına dalan ve çıkan sarı bir durak levhasıyla basit bir direkten ibaret olan acılaşmış noktada, belleğime yaptığım büyünün tutmasını bekliyorum. "Biliyorum," diyorum, "annemin çocukken bana söylediği gibi, eşeklerle aynı yaşta olduğumdan bu yana işim gücüm bu. Hayatı daha beyaz bir yoldan kazanmak isterdim elbette. Yaşayabilmek için kendi mutsuzluğumu yücelttiğimi biliyorum. Tekniğini bilinçle geliştirmiş bir bozucu olduğumu rahatlıkla düşünebilirsiniz.." Belleğime yaptığım büyünün tutup tutmayacağını kestiremiyorum ama tam iki yıldır, yağmurların altında saçından sular sızdırarak işçilere bildiri dağıtan kendimi hatırlamaya hazırlanıyorum.

Sonunda hayatın içine burnumu uzatıyorum işte.. O yağmurlu sonbahar sabahından bu yana ilk kez geliyorum bu durağa.. İçimde yara büyüklüğünde bir boşluk, boşluğun hemen yanıbaşında da adını hiç bilmediğim bir duygu kırıntısı taşıyorum. Nedense yıllar önce onun, soylu olan utançtan kopmuş olabileceğini düşünüyorum. Ve burada öldürülen tanıdığım üç insana, "Sizden önce gömülmüştü buraya, rastladınız mı o eski rüyaya?" diye sorup geçemeyeceğimi biliyorum. Ziyaretimin şaka götürür hiçbir yanı yok. Gülünç, şaşırtıcı, acıklı bir özgeçmiş anlatamam onlara. Yanlışlıkla kollarına basmış bir yabancı gibi az öteye çekilip beni bağışlamaları için dua da edemem. Zaten, eğer buralarda dolaşacaksam bilerek ya da bilmeyerek kimi ölüleri incitmem kaçınılmaz. Şu direğe yaslanıp o hepimize ait olan kanlı kızıl kitabenin adımla başlayan sayfalarını karıştıracaksam, onların şefkatini dilemekten başkaca hiçbir şey yapamam.

Kirpiklerimi usulca sol yanıma bükünce denizi görüyorum. Uzakta ikizkenar üçgen gibi donmuş duruyor tuzlu sular. Bana ilgisiz ve yabancı kalışlarıyla, bu şehri ilk gördüğüm geceki halden anlar rüyamı hatırlatıyorlar. Gözlerimin alabildiğince yüksek, dikine kurulmuş bir şehir.. Parıltılarla, yanan kırık camlarla kaplı, sokakları gökyüzüne açılan, korkutucu, geçit vermeyen, bitmez bir duvar. Saçlarımın sağ siyah uçlarını izleyince ninemin ölüm atına binip gittiği akşamın alaca bulutlarına gömülüyorum. Bulutların on adım ötesindeyse asfalt yol boyunca yan yana sıralanmış yedi gecekondu mahalleme insan çığlığı taşıyan yedi minibüsüm var.

Karşınızda bu havalinin gizli sahibesi duruyor, herhalde anladınız.

Kanlı kızıl kitabenin adımla başlayan ilk sayfasını açıyorum. Parmaklarım titremekte öylesine haklı ki.. Sayfa boydan boya hayvan resimleriyle, bitki biçimleriyle kaplı.. Şaşırıyorum. Epeski bir dille yazılmış, ne tuhaf.. Çözmekte güçlük çekiyorum.

Sayın ruhlar! Bana öyle geliyor ki, varlığımın ilk ışıkları hiç ummadığım bir yerden üstüme fışkıracak.

Galiba deniyor ki: O, ninesinin buğulu mırıltısından ötede hiçbir yerde yoktur. Seslerinin uçları, ağaç bir karyolanın ayak ucunda duran, incecik bir bastonun gövdesine bağlıdır. O baston, karanlıkla aydınlığı ayıran sınır çizgisidir onun. Teninden süzülüp içine dolan ve kemiklerine dolanan hayat, ninesinin ona anlattığı yedi köy kuran yedi kardeş hikayesiyle başlar.

– En küçükleri kahve içmeyi çok
   severmiş, köyünün adı kahveci
   olmuş..

Asfalt yol boyunca yan yana sıralanmış yedi gecekondu mahallesine insan çığlığı taşıyan yedi minibüsün içinde, başını camlara çarpa çarpa bıkıp usanmadan on yıl, ilk seslerinin sonsuzluk duygusu veren kımıldanışlarını arar.

Hep aynı ilkel sayıklamalar! Bunlar kendim için uydurduğum yalanlar. Hayır, hayır.. Ayağıma dolanan yılanlar ve önüme çıkan ölüm atları.. Okumuyorum! Minibüse binmiyorum. Otobüsten minibüse benzediği için korkuyorum. Taksiye atlıyorum. Şoföre çok hasta olduğumu söylüyorum. "Terliyorum," diyorum. Tenimin yüzeyine yayılan buharın sıcaklığının, ıslaklığının içinde eriyip eprimeden, kendime sesleniyorum: "Çabuk ol! Çabuk.." Kadife çiçeği gibi yumuşaklaşmış bir fısıltıyla nemli ve küskün, hayatın içine uzattığım burnumun kanatçıklarını yaşlandırıp evime dönüyorum.

Sevgili Başkanımız, gerçekten en başımızdaki sevgili kansan, (saçmalıyorum), durmadan kendine yeni tarihler yapan, teninde, ruhunda, beyninde biriken sesleri ayırmak için en gerçek acılarını alet gibi kullanan bu militanın, içerdeki ölü annesine yalvar.. Birkaç teorik metin oku, geldiği yere dönsün, dayanamıyorum. Durumum, elimden tuttu, uluorta kötüye gidiyor, görmüyor musun? Kendi uydurduğum laflardan çekinir oldum.. "Benden hoşlanmıyor, biliyorsun," diye mırıldanıyor, "adımı unutalı yıl oldu, zekât keçisi diyor bana, öfkesi yüzünden bedenimin zayıflığına saldırıyor.." Kadife çiçeği gibi yumuşaklaşmış bir fısıltıyla döndüğüm ev, rengi siyah geçmiş-yapma-tarihimle, elinde küçük bavulu gelmiş-yapma-tarihim arasındaki mezarları unutmama izin vermiyor.

Mukoşka, ah, Mukoşka!. Benim lacivert formalı, soluk, liseli resmim. O tahta sıraların üstünde gezindiğin kırmızı çingene elbisenle güvenlik zincirini kırıp ne zaman geleceksin? Sık sık çığlıklarımla kesilmiş o kopmuş kopmuş, düğümlerle düğünlere giden süslü sesinle, "Tam bir intihar komandosuna benziyorsun!" demeyecek misin? Bu sabah küçük cam kavanozlarının haberi geldi. (Büyük komik şifreli konuşuyoruz sanacak.) Camların içinde baklagiller, saksıda çiçekler, karşıda deniz.. Mutfağını çok temiz tuttuğunu söylediler. Kıskandım vallahi seni. Benim mutfak bir tek sözcükle derbeder. "Perişanlık götürmüyor mu pişmanlığını? Ah yazık!" diyeceksin ama boşuna yorulma. Benim yüküm pişmanlık değil, canım.. Aldanmışlık.. Yanlış anlatmadıysa ninem, işaretlerin yönü doğruysa eğer, benim derdim zamanın dizleriyle.. Onun ışık saçan sert ve yuvarlak kemiklerini kırmam şart. Biliyorum, cismimi gözlerinin önüne getireceksin ve güç hesaplarıyla bugünü kendine zehir edeceksin.. Razıyım, gözlerinin olmaya!. Ama hesap kitapla boşuna oyalanma.. Bildiğin formüllerin hiçbiri işe yaramaz. Bizim öğretiye kulak asarsan, bu dünyada yokum ben, Mukoşka.. Zaman cininin saçtığı ışıkların şekline dikkatlicene baktım. Boşlukta yeniden canlanan epeski çocukluk hayalimi evimizin diliyle okudum ve yerimi buldum. – Hiçlik.. Bu yolculuğun en dehşet verici yanı, kendimi var edip kurtarabileceğimi sanmam.. "Onu tutup yanına getiririm diye bir umut" benim acımın adı.. Laf olsun diye söylemiyorum, iyi gidiyor yol.. Epeyce indim aşağılara, belki de çıktım ta yukarılara.. Biliyorum çok şeyi bozdum. Uyuyamaz oldum, tetikte bekliyorum, bir perde var ki, işte o parçalandığında, armut gibi elime düşücek kendi gerçek hazinem.. Dilimin döküldüğü tüm kalıplar, duygu ve düşünce haritaları.. Şu yeryüzündeki cehennemden çıkıp cennete gitmeme, inan bana çok bir şey kalmadı. En büyük engel annemdi, çok şükür onu da aştım..

Fakat, ne adi bir tuzaktı. Utanmaz bedenimin hemencecik aşkı çağırması.. Ruhumla birlik olup.. Bana karşı annemi kullanması.. O kırgın ölü gölgeden başka hiçbir şeyle aşk için bu denli baskı yapamazlardı. O siyah tül peçe, bir başka adıyla siyah tülgrek, beynimin zedelenmiş parçasıydı, Mukoşka.. Tavandaki yansıması.. İyi ki farkına vardım. Haklısın, inanılmaz bir sinsilikti yaptığım. Bu kırık politik zamanı, bedenimin boş bir teneke tıngırtısını andıran seslerine taşıttım. Kaygan bir zeminden uzaklara götürdüm aşkı..

Zamanın bu katı, Mukoşka, şu annemin dolaştığı, onarılmaya çok muhtaç, ne acı! Artık her an göçmeye hazır. Nasıl istediğimi biliyorsun, onu ordan çıkarmayı, seslerini kucağıma yayıp ayıklamayı, yazıya dökmeyi, ciltlemeyi.. Ama imkânsız. İçimde yaşatmaya çalıştığım ölü, şimdi bana karşı.. Azılı bir düşman sanki. Bizimkinin boyu, masum bir anne kız ilişkisinin boyunu çoktan aştı. İkimiz de bunun kederle farkındayız. "Beni," diyor, "sevmekten yoruldun kahpe, kurtulmak istiyorsun artık. Bile bile çağırdın. Bu kaygan zemine benim ölü gölgemi sürdün. Taşıyamadığın ağırlıkları küçük tahta arabalara yüklemekten bile kaçındın, ama beni korumadın! Geleceğin için aşkı kurtardığına seviniyorsun ha? Zavallı çocuk!. Bütün kırılmaları bana yükledin ama tükettin sanma beni. Seni rahat bırakmam.. Kocanla o yatakta fısıl fısıl konuştuklarınız.. Ah rüyalarının yorucusu o genç adam.. 'Ölü o! Ölü!' diye yorgan uçlarını örseliyor durmadan. 'Her şey senin kafanın içinde olup bitiyor, ağlayarak uyanma artık uykulardan,' diyor, 'bak tavana, annen falan yok, yok..' Kolayca iğrenç buluyor suçluluk duygunu, seni kızım yapan acılarını. 'Geç kaldığın için üzülüyorsun canım hepsi bu, sen masumsun, yeter artık kendini hırpalama!' diye fısıldıyor.." Mukoşka, donuklaştım bu gölgenin karşısında. Söyleyecek sözüm az. Zamanın bu katında suyun içindeki ışık kurtlarına bir daha dönüp bakmak istemiyorum. Anlıyor musun? Giderek yitsinler diyorum, usulca kayarak görünmez kıvrımlarıma.

Giderek yitmedi, cananım benim, biliyorsun. Kocamın bedeniyle oynadı ve ihtiras bulaştırdı rüyalarıma. Evlenme cüzdanındaki fotoğrafı kadar genç, büyüleyici ölüm, siyah tülden anneciğim, masum olduğumu söyleyen o genç adamın âşığı oldu sonradan. Beni cezalandırmak için.

Büyük bir incelikle o genç adam, çok fazla çaresizlik çekti ve sonunda küçük sevimli krizlerimi atlatmam için sol elinin işaret parmağını dişlerimin emrine sunmak zorunda kaldı. Herhangi bir sarsıntı anında, yüzümdeki kemiklerin çatlamasından korkuyordu. İşaret parmağı dişlerimin kıskacındayken, boşta kalan dört parmağıyla çenemi, öteki eliyle de alnımı kavrıyordu. Sımsıkı. Kendime yönelttiğim öfke giderek öyle dayanılmaz bir hale geldi ki, yalnızca elleri değil, rüyalarımda annemle sevişmekten yorgun düşen bedeni, kısacık bir zamanda, parça ve parça şiddetin eklemi oldu. Dizleri, dizlerimin üstünde, gözlerimin içine dehşetle bakarak sustu. Soru: Ellerin gözlerimi örtüyor, gülüyor musun? Gri bir damla parladı galiba, kaydı ve süzülüp uzaklaştı benden..

Oradaydık, gerçeği çıldırtacak kadar tuhaf, yapay bir mekânda. Evimizin banyosunda. Bayılmış olmalıydım. Kendimize bile açıklayamadığımız bu sarı çiçekli porselenler arasında. Sıcak, beyaz, derin sulardaydı saçlarım. – Seni dinlendirebilmek için.. Rahatlamamı ve uyumamı istediğinden çırılçıplak küvete uzatılmıştım. Klozet kapağının üstüne hüzünle tünemişti kocam. Elinde sigarası, yorgun soluması, ekose gömleği ve kadife pantolonuyla.. Çok ama çok komik bir manzaraydı. Çocuksu, acıklı ama galiba ağırbaşlı bir bakışlanmaydı.. İkimizinki.. Sigara dumanına dolanan ve buhara karışıp dağılan sesimden anladığım, okuduğum onca teorik kitabın beynimde yer edinemediği. "Gittiğim o yer, küçük gece odası çok ama çok tehlikeliydi. Çünkü gözümle gördüğümü, elimle tuttuğumu algılamaya alıştırmıştım beynimi. Onun bütün hamiyeti katliamlara karşı böyle bir yöntemle direnmesinden gelirdi. Bilgim ilkel miydi? Ama ben onu kullanmayı bilirdim. Kendimi avutmayı, ağlatmayı, güldürmeyi.. Orada, ateşin akrebi sokması misali öldürücü bir konumda buldum kendimi. Sana bile söylemeye çekindim. Direnme sözcüğünün bendeki karşılığı ayak diremeydi. Ölü bir canavar dediğim hayat bilgimin katili olarak tanıştırdım kendimi, ama o da yalandan bir büyüklenmeydi. Masumdum, haklısın, hem de süt gibi.. Tuttuğum en büyük kin, beynimden bile gizliydi. – Bilgim, canım bilgim.. Seni yok edenin en çok sevdiği kimse o ölsün.. Öfkeyle aradığım başka bir katildi derken, bu defa o kin ateşinin ortasında kendimi buluverdim. İşte böyle çırılçıplak."

Kocam, iki kat çarşafa sardı beni. Üşümemem için çabucak kucağına aldı. Omuzunu boynuma verdi. "Korkuyorum, kemiklerin kaynama noktasına varacak. Yeter artık, kendine acı biraz." Sustum ve uyudum, hatırlıyorum. Oradaydık. Sarı çiçekli porselenler arasında. Hep herkesten gizli ikimiz.

Ve bir gün gizlenemez oldu üçlü aşk yaşadığımız. Kocamın rüyalarımda bir ölüyü sevdiği. Gittikçe ittiğim uykuyu, başımı duvara çarptığım, ellerimi öldürmek istediğim, kırık keskin camların üstünde sürüklediğim kollarımı, boynumun renkli taşlarının dağıldığı ve saçıldığı koridorlara.. Halsiz düştüğümden ve çok benzediğim için anneme, aynaya bakamadığımdan ve dediğimden: Yakın geçmişi hatırlamaya dayanamadığım için gittim çok uzaklara. Orada görünmez muskalar çarptı beni, ama telaşlanmayın, bu bayılmalar hayat belirtisi, o çıplak kıpırtısıyla belki de annem bir şeyler söylemek istiyor.. Evimizin geceleri can sıkıntısından sessiz film oynayan gizli konukları fısıldaşmalarla yataklara dağıldılar. Tedirgin edici bir hışırtı, sabahın ilk saatlerinde hasta olduğumu açıkladı bana. O da kaçakmış, bir doktor dolandı karyolamın parmaklıklarına. Ayak kımıltılarını duydum, sonra gözlerindeki ışıkların bükülüşünü, sonra kulaklarındaki titremeyi.. "Basınç!" dedim, bir de: "Hava boşluğu!" Hiçbir sözcük beni iletmedi.. İletemedim.. "Tarihsellik duygum gelişiyor.." İşte böyle inlediğim için yüzüme kederle baktılar.

İpucu zamanlarının ardından nihayet yalnızlık geldi. Onu görünce irkiliyorumla irkilmiyorumun arasında durdum bir an. Sonra buruk bir utanmayla selamlaştık. Yüzümde kendimi şımartan sevinç, ona bu genç yaşta erişebilmenin gururu.. "Çok peşinden koştum, çok.." Söylemek istediğim buydu. O aptal da on sekiz yaşımdan bu yana beni arar dururmuş.. Onun beni bulması, benim onu bulmamdan çok daha zordu. "Ne kadar kalabalıktınız meydanlarda.." Üstelik yüzlerimiz bir aynada çoğaltılmış gibi birbirine benziyordu. "Yalnızlık için de kısmet diye bir şey var.." Meydanlardan çok uzaklarda mırıldanıyordum: "Otur anlat bakalım, kimler çıktı karşına, nasıl insanlardı, yakışır mıyım yanlarına.." O da ısrarla annemin çıplak ve kanlı müdahelesini anlatmamı istiyordu.

"O benim en güzel silgimdi," diyerek başladım. "Tahta takunyalı göğüs iğnemdi. İçimi ne yana dönüp çeksem, burnunun ucundan gözyaşları indirenimdi. Anladığım, ben ona bir kötülük yapayım isterdi. Vahşetti, vahşet.. Bir aşk cadısından doğduğum da yalan, ne korkunç!." Arandığı kötülüğü başında bulsun diye, annemle unutmak istedim yakın geçmişi.. İşte bu da benim hikâyemin girişi: "Yaşadığımı öfkeyle itecek kadar aykırı düştüm demek kendime.." O benim beyaz boyamdı ya da ben öyle sandım. Elimin tersiyle şöyle bir çarptım, birdenbire kanların üstüne yayıldı, anneciğim..

O siyah tül peçe, benim zavallıcığımın uydurmasıydı. Hıristiyan bir törenden çalıntıydı. Herhalde gördüğüm filmlerden. Vurgunu yediğim yer orasıydı. Küçük gece odası, kırk kadının karanfil kokulu kollarının arası. Herhalde: Gece mahallelerinin sokaklarında kendime bir kötülük yaptım ki öfkeyle ortadan kaldırıldı bedenimin, beynimin karanlık zindanlarına atıldı. Herhalde: O on yıl artık bir sözcükler mezarlığıydı. Herhalde: Kan, kızıl, şiddet, hırs, cinnet, yaşasın, Başkanım, hücrem, komut ve uçları yırtık iki süet bot.. Herhalde: Bu ağırlıkların altında kemiklerim incelmiş ve ruhum ezilmiş olmalıydı.. Şimdi hepsi ta geride ağırlanan ve bende ferahlatıcı duygu karşılıkları olmayan, hem canlıymış, hem cansızmış gibi gözlerime yansıyan renk karışımları. Sanki albümlerden taşan, uçuşan, zamanın durdurulmuş parçalarıydı. Beni kollarımdan tutup varlığımı gerçeğin dışına sürükleyen, orada saatlerce sorguya çeken, hırpalayan, yoran, üzen ama çok üzen taslak yüzüydü hayatımın..

"Belki de kaybetmemişimdir onu," dedim, "annemi ya-
ni.." Kapıyı çektim ve dışarı çıktım. Perde aralığından başı
belirdi. Sessizce belirsizleşti Başkanımız. Çok uzak ülkelere
gidebilirdi. "İstiyorum ki bu defa bir şeyler biriksin bende,"
dedi canım. Daha da yoksullaşmıştık o iki yıl içinde. Yalnız-
ca giysilerimiz değil, adımlarımız, bakışlarımız.. Kirpikle-
rimiz bile azalmıştı. Alnımızın altında yolunmuş gibi çırıl-
çıplaktı gözlerimiz.. Tarak, çengelli iğne, düğme, kanca gibi
nesnelerle bağlantıları askıya almıştık. Ayrıntılar silinmişti
hayatımızdan. Gülmeyi de bırakmıştık. – Bu ev yakında de-
niz seviyesinin altına düşecek.. Öncü halimize bakıp bir da-
ha bakıp usanacak gibi olunca galiba ağırlaşmıştık.

Ey sümüklüler sümüklüsü galiba
Sinsinin sinsisi ama
Sünepe keder..
Yalnızca o, hatırlamak
Yunmuş yıkanmışa benzer..

Yine oraya gittim. Aynı durağa. Kolumu ağaçların yapraklarına, boynumu denizin sularına uzatamayacak kadar bitkindim. Doğayla aramdaki açı? Biliyordum ki onu ölçmem imkânsızdı. Benimki kör ellerle içimdeki yüzeyleri yoklamaktı. Kendimi didiklemek, örselemek, yeşil vakitli kadının kızı olmanın tadını çıkarmaktı.. Kendime duyduğum sevgiyi koruyabilecek miydim? Buraya o sevgi için çarpışmaya geldiğim açıktı. Halkımızdaki hatıramla vuruşacaktım.. Cebimden annemin yolunmuş saçlarını çıkardım ve usulca rüzgâra bıraktım. Kömür karası çizgilerin ardı sıra kirlenmiş olmanın huzursuzluğu ve iç sıkıntısıyla baktım. Bulandım ve kendi içimde ürkütücü bir hızla döndüm. Kalbim bozulmuştu, kaslarım, damarlarım. Bedenimin sınırlarındaydım. Telkin: Biliyorsun ki sen kötü olan hiçbir şey yapmadın. Teklif: Ölülerle konuşmada ustalaştın, bu konuda artık oldukça deneyli sayılırsın, önce onları ortadan kaldır, ölüleri atlatmadan, gece mahallelerinin sokaklarına kesinlikle sızamazsın. Sonra flamalarla kâğıt kuşlar da konuştular: Tanrım, söyle o vahşiye bizi hırpalamasın.

Beynimi kasnağa gerilmiş bir ipek gibi düşünürdüm. Dokusuna tel iğneyle tutturulmuş, çırpınan küçük beyaz ruhlarla.. Dokunmaya kıyamayacağım kadar zarif, değerini kimsenin ölçmeye cesaret edemeyeceği, karşısında donuklaşacağı, gerileyeceği "ölüler işlengisi" gibi. Onlar, yalnızca saklamam için var olsunlar isterdim herhalde. Tarafımdan orada, boşlukta bir yerde gizlenmiş oldukları bilinsin. İçimi acıtmadan çırpınsınlar.. Sersemletici bir çaresizlik içinde göğsüme gelemeyecekleri, göğsümü yanlarına götüremeyecekleri uzaklıkları verirdim onlara..

Bir ara, daha sayıları çok artmamışken, elinde ipek ölüler işlengisiyle kuytu bir avluda dolaşan ve sessizce ağlayan, teninin kıvrımlarına tarihin sindiği, yüzünde epeski hayatların kırık dökük izlerini taşıyan, acılı ama göğün lacivert katında onurla buluşmuş bir kadın gibi görünmek istedim ölülere.. Sert adımlar arasında "dantelacılık" yaptığımı düşünmeseydim, o upuzun zaman boyunca sayısız duyguyla süslenebilirdim. Hıçkırık cıvıltıları herhalde güzel dururdu göğsümde.. Ama kılık kıyafetlerin uygunsuzluğu, insanın o çok dokunaklı hayata bağlanma aptallığı, korkuyla el ele tutuşmalar, sloganlar, kenetlenme, zincir yapma ihtiyacı.. Ölümü benim arzuladığım türden bir duygu açılmasıyla yaşamayı imkânsız kılacak koşullanmalar, bir edici, daraltıcı kıskaç.. Tüm bunlar yüzünden ölülerin karşısında, yeteneklerimi ilahi bir müzik eşliğinde zorlamam ve kendimi (ölümün karşısında) özgürce sınamam mümkün olmadı. Ne yazık!.

Kendilerine verdiğim uzaklıklardan, ölü oldukları için mi öylesine cesur ve inançlı bakıyorlardı? Aramıza kızıl bir bulut girdi ve anlayamadım. Çığlıklar, kasılıp gevşemeler, yıpranmış bakışların boşlukta çarpışması, süzülmesi, düşmesi.. Bana öyle geliyor ki, bir mezardan ötekine koşarken, cesaretin ve inancın vahşi saldırısına uğradım. Kendimi savunamayışımı hatırlıyorum, usanışımı, parmaklarımı çözüp aşağılara bırakışımı.. Gergin tebessümlerin, hıpralanmış duyguların, eskitilmiş sözlerin gölgesinde yığılıp kalakalışımı.. Ölülerin karşısında disiplinin, düz bir çizgide yürüme gayretinin yüceltilmesine dayanamadın işte..

Mukoşka, bilirim ki sen çok iktisatlısındır. Zaten mesleğin de bu. Söylesene bizi anlatan ayrıntılar, şu türden yaşanmışlık bilgileri en doğru nasıl kullanılır: Genç ölü evlerinde o ölünün arkadaşları hep mutfakta toplaşırlardı.. Nasıl bir bekleyişti o, Mukoşka? Bizi tüylendiren desem çok mu tuhaf olur? Rüyada mıydı alnımızın sarı dalgalarla örtülüşü, kirpiklerimizin acıdan uzayışı.. Sence o ölünün genç arkadaşları baygın iniltilerle kendini terk eden yaşlı kadından mı utanırlardı? Üç kez "Yaşıyor!" haberiyle birbirimizden kopup sevince dağılmıştık. Boynumuz, kulağımız gözyaşına çarpmıştı. Üç kez "Öldü!" çığlığıyla sarsılmıştık. Bilincimiz tırmalanmıştı, yan yana düşmüştük, üst üste örtülmüştük, yeri öpmüştük, dudaklarımızı alamamıştık taşların üstünden. Çocukken ağzından ölüm savuran iriyarı bir delikanlı olmak istediğini sana da söylememişti demek. Söylememiştik hiçbirimiz hiçbir şeyi birbirimize.. Mukoşka, nasıl bir duyguyla döktük eteklerimize, ta ilkokul defterlerine varıncaya kadar neyi var neyi yoksa onun. O ölmek üzereyken neyle büyülendik, nasıl bir itilmeyle baktık, hangi soysuz merakla, büyümüş, günlerce işkencede kalmış, sonra komalara girmiş yüzüne..

Işıktaki tavşan yavrusu misali, altı yıl kadar önce bir an dehşetle çakılıp sonra hızla uzaklaşmıştım. Arkamdaki kapı çarpması, onun getirilip götürüldüğü ev, annesinin onu son görüşü –kolları arkasından bağlı, tedirgin– örselenmiş bedenini güçlükle taşıyan sonra bırakan merdivenler.. Yol çınar ağaçlarının sarı yapraklarıyla örtülüydü. Tavuskuşununki gibi yıldır yıldır telekli, kuyruklu bir duygu belirdi önümde. Rüzgâr o ürkütücü duyguyu bana doğru sürükledi. Buz gibi yüzüm sıcak bir yüzeye yayıldı. Saçlarımın uçlarına savruldum. Telekleri boynuma battı ve ıslak kuyruğu yanaklarıma süründü. Soluğumu koklarken göz göze geldik. Rüzgârın içine doğru sürüklendim. Doğada var olmayan bir şeydim sanki. Hızla akıp gideceğimi ve kendimi bir daha göremeyeceğimi sandım. – Tanrım, bir tutam hayat koparmak için kendime, sarı yapraklarla örtülmüş o yolu geçtikten sonra ne yana sapmalıydım?

Şimdi geniş bir açıyla ta yukardan görüyorum onu. Ancak bir rüyaya sığabilecek büyüklükteki beyaz, saten örtülü upuzun bir masanın uzak ucunda tek başına oturmuş *Kuran-ı Kerim* okuyor. Annesi. Başında sarı beyaz bukleler açılıp kapanıyor. "Ne kadar yaşlı, yüzü pembeye çalıyor," diye geçiriyorum içimden, "büzülmüş bir kumaş gibi tıpkı.." Örtünün uçları mavi yeşil sulara batıyor. Ağır ağır sallanıyor masa. Rüzgâr, eşit zaman aralıklarından geçip örtünün uçlarını suyun yüzüne yayıyor. Sonsuz bir beyazlıkla aydınlanıyor alnı. Dalgalar büyük bir hızla alçalarak çekiliyor. Alnından denizin içine, parıltılı damlacıklar, köpükler yuvarlanıyor peşpeşe. *Kuran*'ın sayfaları göz alabildiğine genişliyor, hışırtıyla bir yandan bir yana uçuşuyor, boşlukta, yaşlı kadının, "Hatim indireceğim!" diyen çığlığı yankılanıyor. Gittikçe yükselen, hırıltılara uzanan, fısıltıyla boğulan ve sulara batıp çıkan sesiyle küfür ediyor durmadan..

"Çıldırmak," diye mırıldanıyorum, "olağanüstü dönüştürücü bir konuma geçmek olmalı.." Oraya, denizin üstündeki beyaz saten örtülü masaya yeniden dönmem gerekiyor. Çünkü ölülerin özel eşyaları sergilenecek! O rüya denizine gidip yaşlı kadını ikna etme görevi bana veriliyor. Üstünde kan ya da başka bir ölüm lekesi bulunan giysiler tercih edilir!

Bir duvarı kitaplarla kaplı, perdeleri azıcık aralanmış, yarı karanlık küçücük bir odadaydım. Öldüğü günden bu yana hiçbir şeye dokunulmamıştı. İçerdeki hava ağırlaşmış, ruhunun tozları halının uzun, çiçek desenli tüylerinin üstüne saçılmıştı. Tozlarına basa basa çekingen adımlarla dolaşıyordum. Çarpıcı bir vitrin oluşturulacak! Sesiyle kendini ürkütmekten korkan zavallı bir böceğin gölgesine benziyordum. Benzeyecek binlerce şey dururken, bir ev içi ölüm müzesi.. Bezgin başımı geriye attım. Sanki ta uzaklara düşebilirmiş gibi. Tavanda onun coşkulu çığlığının lekelerini gördüm. Burkuldum ve sesimin titremelerle bozulmasına fırsat vermeden soluğumu tutup kendimi susturdum. Sarıya dönmüş kirecin yüzeyinde parmak izleri, inanılmayacak kadar belirgin, öylece duruyordu. – Sekreter Rüzgâr parmak izlerinin silinmesi mi gerekiyordu? Bilmiyordum. Paniğe kapıldım ve duygularımı birbirine dolaştırdım. Annesi gözlerimin içine yürüyordu. Bir bulutun beni yanıltışı gibi. Sanki bir yerlerden hızla başka yerlere geçiyordum. Tavana elini değdirmek için o upuzun boyuyla yarıştığı gündüz parçalarını toplamaya gidiyordum belki de. Sarıya dönmüş kireçten damlayan sessizliğe bakarak..

Ders çalışırken kullandığı lacivert çerçeveli gözlüğü, üstünden çıkardıkları yeşil beyaz ekose gömleği, açık kahve kadife pantolonu aldım. (Masasının çekmecesindeki, defterlerinin içindeki sırları saklıyorum.) Ruhumun kurmaca bir mekânın içinde kıvrandığı, düşselliğin hızla gerçekliğin yerini aldığı bir başka sonbahar sabahıydı. Beynimdeki zemin kayması, on gün kadar sonra isteğimin dışında durdurulacaktı. Bir daha o ılık ve tedirgin edici eşyalardan haber alamayacaktım. Siyah bir poşetin içinde ansızın elimden uçup gideceklerdi. Bir vitrinin belki de en nadide parçaları..

Denizin içinde bir motordaydık. Yüz civarında kadın. Ölülerin anneleri, kız kardeşleri, yakın akrabaları.. Kiminin yüzünde iki günlük yol yorgunluğu, giysilerinde hiç gitmediğimiz şehirlerin kokusu, bakışlarında hepimizi suçlayan renk köpükleri, durmadan tazelenen hüzünlü bir buğu.. Sepetler dolusu peynirli ekmek, meşrubat şişeleri, neredeyse bir piknik heyecanıyla suların ortasındaydık. Derin, çalkantılı yoğunluğun insan için sırrını koruduğu çok eski bir çağda mıydık? Saçlarında yaban yazmaları, biz, o tarihe yazılmamış kadınlar mıydık? Doğayı koruma kursiyerleri (!) çamların altında ölüm dersi alacaktık. Ağırlık ve acı uyandıran türküler okuduğu için aramızda bulunan o siyah saçlı kadın, "Ah," diye mırıldanıyordu, "ısrar etmeyin, sesim bozulabilir.." Kırılgan bir edayla boynuna doladığı parlak, göz kamaştırıcı eşarbın uçlarını dudaklarına dokunduruyordu. "Rüzgâra karşı türkü okumak bir sanatçı için kuraldışıdır.." Bir kuğu nazıyla başını sağa ve sola sallıyordu. Sindirilmemiş ne çok şey vardı, Allahım! Kollarına yapışa yapışa varlığını zedelediğimiz, sesini bozduğumuz işçi kadının kahkahaları! Elinde meşrubat şişesiyle motorun içinde oynadığı kovalamaca. Peynirli ekmek kapışanların yorucu kımıltıları.. Güneşe adanmış, hırçın bir çığlık gibi durmadan tekrarlanan bir marş, denize öfkesini bulaştıran uğultu, karmaşa.. İlerde görünen adada, o kutsal karada, ölülerin yakınları bize onlarla ilgili en canlı hatıralarını anlatacaklar.. Genç bir kızın incecik bedeninin kalabalığın arasından zorla çekiştirilip orta yere sürüklendiği, o biricik sahne kalmış aklımda. Keten sarısı saçlarının arasından yüzünü çaresizlik içinde çam iğnelerine kaldırışı, abisini anlatamayışı ve hıçkırarak kendine kapanışı..

Seyircilerin, rolünü beceremeyen bu "ağlamaya başlayışı" bilinç ve hoşgörü adına onurlandırma çabalarını, alkışlamak gibi saçma bir eyleme kalkışmalarını, sayısız ay açmasına rağmen bağışlamadın. Orada, çıtırtılı dallar arasında, hayatın, bir kez daha hoşgörme şansını yanlış insanlara tanıdığını görerek sarsıldın ve ellerini kaldırıp kuru otların üstüne attın. Kaskatı, kımıltısız, cansız iki parçaydılar. Gizlice, kemikli uzun parmaklarına baktım ve artık onları sevmediğini anladım. Çok üzgün bir solumayla, "Bu kesin bir yıpratma," dedin ve sesin kulaklarıma saplandı. Ellerini kaldırıp attığın o zaman parçasını, acılı insanların hırpalandığı o dik yamacı, denizin ışığı solduran, sessizce kıran, çabucak yutan çırpıntısına yüzünü verip kendine o uzak oturuşunu hep hatırladım. Yeni bir ölünün küçük beyaz ruhu yakana iğnelendiğinde, çizgilenmiş görüntüsünü onaramadığın, aykırı bir ifadeyle direnmesine karşın, lekelenmekten kurtarılamamış yüzün gözlerimin önüne gelirdi. Saçlarının uçlarını ağzının içinde ıslatıp derin bir dalgınlıkla, ateşe çekilen yanaklarına sürerdin. Kupkuru gözlerini boşluğa bırakışın, belindeki kırılmayı gizleyemeyen duruşun.. Artık taşıyamayacağın kadar ağırlaşmış olan inadının günahıyla, bezlerine dolanmış ölülerin ta yanına sokulurdun.. O nemli topraklara ısrarla bakmasaydın, kendinle zamanın ötesinde, evimizin diliyle okudum dediğin hiçlikte karşılaşmayacaktın. Keşke beyninin koyduğu sınırları, o kışkırtıcı merakının ardına düşüp geçmeyi düşlemeseydin. Ama sen, "Tehlikeli bir bilenme!" dediğin, can acıtıcı, sonunda mutlaka bir iç saldırıya yol açacak çok özel görüntüler biriktirmekten kendini alamadın. Ceplerini, saçlarının arasını, yüzünün içini, ürkütücü bir hırsla, seni kendinden soğutacak kadar çok mahrem bilgiyle doldurdun. Sekreter Rüzgâr kalıbına sığamadın ve ruhun parçalanmaya başladı.

"Herhalde sen, şu sözünü ettikleri bilgelik kompleksisin.. Okşayıcı sözleri, çiçekleri çok sever dedikleri.. Benimle uğraşmaktan vazgeçer misin? Kana susamış bir budala olduğumu sanacaklar.."

"Her gün üç ölünün toprağın derinliklerine bırakılışını seyredenlerin bakışlarında bir bozulma olmayacağını söylememi istiyorsan boşuna.. Beni okşayıcı sözlerle, çiçeklerle kandıramazsın.."

"Seni kandırmak kimin haddine, sultanım!. Yalnızca bu kulunuz, bazı yanlış anlamalara kurban gitmek istemediğini dile getirme arzusuna kapıldı. Bu ölü seyrinden edindiğim bilgileri, anneciğimin kırgın gölgesinde sınamaya kalkıştığım gibi bir sonuca varılabilir.."

"Pekâlâ.. Dönüp kendi ölünle iki yıl aynı odaya kapandığını apaçık gördükten sonra hakkında nasıl bir rapor kaleme alacağımı sanıyordun?."

"Ama bu korkunç bir iddia.. Yani annemi biten ölümlerin yerine koyduğum.. Sadece gelecek çok karanlıktı ve ben.."

"Geçmişe doğru masum bir yolculuğa çıktın.. Yırtık perdeler ve kanlı cam kırıklarına, gözlerini yaşartan bu yuvarlanışın şiirini yazdın.. *Gece Dersleri*'nin en dokunaklı bölümleri olduğunu kabul ediyorum ama.."

"Sana inanmıyorum.. Geleceğime beni kötülemek istiyorsun.."

"Hayır, yavrucuğum.. Soluduğun o kokuyu düşün, o olmayan rengi. Uykularına sızan kanı.. İnan bana küçük ölü okşayıcı, sana prizmatik bir dünya armağan etmekten başkaca bir niyetim yok.."

"Tılsımlı bir ayna ha? Saçlarımı çözüp karşısına oturacağım ve bana nemli çukurlardan söz açacak.."

"Apayrı köşelerden yansıyan ışıkların olacak, yanılgı dolu kırılmaların, zıt yönlü oklarının.."

"Zigzaglarım, yuvarlaklarım.."

"Dokunduğun kendinden dokunamadığın kendine, vallahi ışık içinde.."

"Al topuklu atlar gibi koşturacağım, of.. Seni merhametsiz cadı!."

Bu ürpertici ses, hemencecik yakamı bırakmadı. Başlangıçta annem ve benim için, direncimi zayıflatmak isteyen prizmatik bir numaracıydı. Ama birkaç hafta içinde ikimizin de sinir uçlarını avucunun içinde topladı ve hiç beklemediğimiz bir anda bizi korkutucu bir yüksekliğe fırlattı. Annemin ölü gölgesiyle kanat kanada uçtuk ve vahşi bir hayalin kırık parçasıyla buluştuk.. Arka odaya kapandığımız o iki yılın baştan sona kurmaca olduğunu, saf gerçeğin üstünü örten yanlış duygularla yaşandığını bir türlü kabul etmek istemiyorduk. Geçmiş, açılan her gün ve kapanan her yeni kapıdan sonra değişen yanar döner bir küldü demek..

Şimdi içi duman ve militan dolu, eski bir yağmurun altında yiten o otobüsü hatırlamanın bir yararı yok. Artık ölülerin bana, benim onlara söyleyebileceğim pek bir şey kalmadı. Annem ve ben, başını, dirseklerinden büktüğü kollarının arasında, ağlayan bir tülbent yapıp sallayan bir başka yaşlı kadının haykırdığı öfkenin büyüsüne tutulmuş olmalıyız. – O öldü, siz sıranızı savdınız!. O mezarın başında havaya ateş açan görevliden korkmuştum. (Bu korkuyu dile getirmenin nasıl bir tadı var acaba!.) Kurşunun yağmur altında çıkardığı o ıslak sesten söz açmayalı, unutmuştum korktuğumu.. Yaşlı kadının mezarın içine çığlıklarla yuvarlanışını, ölünün başına dolanmış bezi yırtıp morlanmış bir yüzü bağrına basışını.. Uçamayan bezler kalmış aklımda. Bir çukurun içinde çırpınırken ıslanıp çamurlara yapışan..

Biz gerçekten kendimizi çok hırpalamışız, Mukoşka.. Acımayla karışık bir aşk yaşadım, canım. Ne korkunç, ölüsüz yapamadım. Ruhumda karşılık buldu kan, o olmayan renk. Ne kadar saf olacak bu gerçek bilmiyorum. O sonbahar sabahından sonra elimde karanfillerle annemin mezarına ittim kendimi. Ürkütücü bir yükle gittim bilmeden. Alışmış ve bulaşmış olarak ölüme. Ta uzaktan çok geç gelen silik bir sezgiydi ama anladım. Derin dalgınlık içinde, çıplak ışığın sızmasıyla bozulmuş, emredici bir rüyayı sürdürmeye çalıştığımı.. Bu sabah, annemi karşıma aldım ve yere göğe sığmaz bir gözyaşı koydum önüne. Sonra, donmuş damarlar buldum yastığımın üstünde, kopmuş sinirler, tam olarak ne zaman kırılıp döküldükleri anlaşılamayan duygular.. Benim gibi dış bükey masalları, iç bükey masal yapmaya meraklıları kandırmak için olmalı, çok süslü püslüydüler. Çocukken bayıldığım tüp boyaları hatırladım onları görünce. İnan ki beni gülümsettiler. Fakat, tek bir şey var ki, uzun uzun düşündürecek beni. Anneme söylediklerim. Biliyorsun onunla hep bir dil sorunumuz vardı. "Düş'ün, gerçeğin yerine kaymasının, anneciğim," dedim, "galiba bir iç çeşitlemesi yaşandı.." Bilmiyorum anladı mı?

Artık onun kanlı bir destanı çoğaltıp duran sesinden mahrumum. İç organlarıyla duygu ve düşünceler arasındaki savaş sürüyor mu bilmiyorum. Kalbinin ucunu bıçakla kesen, ciğerini büken, dalağına sancı bırakan, soluk borusunu tıkayan ve annemi, "İçim daraldı!" diye bağırtan, dilinin gök katındaki gizemli mağaraları duruyor mu? Orada saklanan hasımları davalarından dönüp annemin peşini bıraktılar mı? Hiç sanmam.. Bence bu kan davası henüz son bulmadı. Annemin dizlerini karnına çekip iki büklüm yok oluşundan anladığım bu dilin gök katındaki kaynağının hâlâ kurumadığı. O derdi ki: Kuyruklu kulaklıdır kimi. Kiminin tavuskuşu gibi yıldır yıldır telekleri vardır, kızım. Kimi duyguların da kuyruğu. Benim hışmımdan çekindiklerinden çeşitli suretlere bürünüyorlardı. Canım anneciğim, onlarla bir kahraman gibi büyük korkularla savaştı. Bana duygu ve düşüncelerin nasıl giyinip kuşandıklarını, bıçaklarını nerelerinde sakladıklarını, en çok ne zaman saldırıya geçtiklerini binlerce kez anlattı. Bıkıp usanmadan. Dinlediğim en güzel destandı.

O asfalt yol boyunca yan yana sıralanmış yedi gecekondu mahallesinde yaşayan insanların bu güzel destanla ve ninemin kulaklarıma çaldığı kopuk kopuk hikâyelerle bir iç zamanda buluştuklarına inandım. İhmal ve eksik bilgilendirme sonucu o havalide oturan insanlar benim gizli sahibeliğimden habersiz kaldılar. Ama ben onların gizli sırlarına erişme umuduyla, buna pek de aldırmadan aralarında sessiz sedasız dolaştım. Minibüs durağında oynadığım oyun, bu buluşmanın gizli yasalarını bulup ortaya çıkarma hevesimin heyecanlı çocuğuydu. Bu talihsiz yavru, nedense acıma uyandıracak kadar kendini önemsiyordu. Ben de ona dokunmuyordum. Ne kadar zaman sonra bana ilk bilgileri sundu hatırlamıyorum ama bir gün, dört yüz bin insanı oturdukları mahellelere göre ayrıştırabilecek ortak işaretleri tek tek saptamaya başladı. Onların giysilerine, ayakkabılarına, saçlarına, adımlarındaki tutukluğa ya da güvene, yüzlerinden geçen renklere büyük bir dikkatle bakarak, bu insanların değişme hızını ölçeceğini söylüyordu. Hem de altı ay içinde.. Bulduğu işaretlerin sağlamasını yapması için sınama yanılma esasına dayanan birkaç yöntem öğrettim ona. Birazcık karmaşık olan hiçbir şeyi kafası almıyordu. Bir bütüne ancak parçalardan geçerek ulaşabiliyordu, sayı bilinci kesinlikle yoktu ve kavramlardan nefret ediyordu. Onunla içten içe alay ediyordum. Ama çok geçmeden merakıma yenileceğim belli oldu. Saçma sapan sorularla onu tedirgin etmeye başladım. En çok adına yedi minibüs oyunu dediği oyunu seviyordu. Şaşırtıcı bir zekâ kıtlığının ifadesi olan bu oyunu oynayıp duran ona, nasıl tahammül ediyordum? Bu apayrı bir dertleşme konusu. Durağa koşan insanlara bakıp gidecekleri mahalleyi, binecekleri minibüsü tahmin etmeye çalışıyordu. Gittikçe daha çok doğrulandı ve bir gün, parlak tüyleri kızıla pek çalmasa da iki adet kanadı olduğunu açıkladı. Şaşırıyordum. Çünkü tüm bunların o havalide yaşayan yoksul insanların değişme hızını ölçmekle ne ilgisi bulunduğunu anlamıyordum. Bildiğim bir şey varsa, o da bu acınası çocuğun beni çok yorduğuydu. Onu seyretmeyi bırakıp Ekonomi Politik dersleri vermeye gidiyordum ve aklım hep ona takılı kalıyordu. Sonunda onunla aramdaki bağın izini sürmek için yanına katıldım ve bir mahalleden ötekine uçup durduk. Yıllar geçtikçe el ve kanat yordamıyla bulduğu bilgiler yazılı bir su gibi büyülemeye başladı beni. Biriktikçe süzdük, birlikte azaltıp yeniden çoğalttık. Galiba o ve ben, evimize gitmek istiyorduk. Bir bahar, ona olan bağlılığımı itiraf ettim ve uğruna politik kariyerimi terk ettim. Bu yoksul insanları yönlendiren iç disiplin, gizli bir yasanın benzersiz bir uyumla hayata geçirilmesinin kanıtı gibi görünür oldu gözlerime. Zaman içindeki kımıldanışın tek düze, belirgin bir ritmi vardı ve dinlediğim ninnilerden farksızdı. O kımıldanıştan doğan hışırtı, kulaklarıma inanılmayacak kadar tanıdık geldi ve o eşsiz müzik, benim ilk seslerimin ta derinlerdeki çınlamalarına bağlandı.

Durup durup okşadığım düğümlerimi o acınası çocuk attı. Bana verdiği sırlar olmasaydı, gidenlerin geri dönmeyeceği yollara canlı canlı sapamazdım. O gecekondu mahallelerinde yaşayan insanlar, o on yıl boyunca çırpınışıma bakıp benim bir iç zamanda onlarla buluşacağımı anlamış olmalılar.. Ama niçin öyle vahşice sustular? Bu, bana verilmiş bir cezadan başka bir şey olamaz.

Artık ben, o yoksul insanların evladı olarak çok iyi biliyorum ki, hiçbirimiz onlardan yana değiliz. Ama onlar hep bizden yana.. İşte ben ve kaderim bu nedenle de benziyorduk Hz. Ali'nin küçük oğluna.

Ey Hazin! Seni de onlar doğurdular, çekinme söyle: O on yılın tepelerinden aşağılara kaymak için avucumun içinde ilk cesaret parçasını hangi gün buldum? Yedi gecekondu mahallesinin ana caddesinde, kentin aykırı süslerle yansıdığını, bu yansımanın kesin bir yasa uyarınca kurulma sırasına göre birinden ötekine kaydığını anladığım ve bu kaymanın hızını ölçtüğüm gün mü? İçimin hangi katında nasıl bir acı duydum ki, onca karmaşa ve uğultu içinde bu insanlardaki sıra terbiyesi yanaklarımı ıslattı. Ve neden gözyaşlarımı kıymetli bir ipucu saydım.

Babamın çizdiği zaman cininin top gibi ışıklar saçan şekli, grafik bilgisi olmayan bir babanın sopasının ucundan çıkma yanıltıcı bir taslak mıydı sadece?. Gerçi yedi gecekondu mahallesinde yaşayan insanlar o taslaktan epeyce farklı bir zaman çizimi sunmuşlardı bana, ama düz bir çizgi üstünde yan yana sıralanmış karpuz dilimlerini andıran çocuksu bir şekildi onlarınki de.. Bir çizgi üstüne düz kenarıyla oturmuş renkli yarım aylarıma benziyorlardı. İlkokul defterlerime yaptığım kenar süslemelerime.. Bir noktadan başlayıp yükselen, düzgün bir eğri çizdikten sonra ilerde bir yerde yine zaman çizgisine dönen bıktırıcı bir tekrarın anlatımı.. Daha sonra dehşetle anladım ki, annemin dili, bu bir başka zaman bilincinin aynasıydı.

Sevgili Mukoşka,

Sana bu kısacık mektubu, dünyayla aramdaki o tuhaf açıdan yazıyorum. Şu gönderdiğim fotoğrafı iyice incele bakalım. Ne dersin, başımda iyi duruyor mu yarım aylı taç? Ya elimdeki karpuz dilimleri canım? Görüyorsun ki, "onu tutup yanına getiririm diye bir umut" değil artık acımın adı. Çünkü kız kardeşin, bu yolculuğun sonunda, bir yarı tanrı kız çıktı. Babasının soyu sopu zamanın dışına, annesinin soyu sopuysa zamanın içine yayılmıştı. Sen de takdir edersin ki, Mukoşka, bu durumda kızın bocalamaması imkânsızdı.

Sır: Ben hep yıllarca bunun tersini doğru sandım. Annemle babamın diyarını, annemin çenesi ve siyah tül peçesi yüzünden karıştırdım.

Daha sonra, beceriksiz ellerle yaptığım derme çatma bir anne maketiyle o koskocaman sitenin zemin katında, siyah tül peçesiz kaldım. Annemin yok olup giden gölgesinin ardından Sevgili Başkanımızın bozulmuş, yer yer sırları dökülmüş yüzünü, kırık bükük bedenini karşımda buldum. Onunla aynı evde yaşadığımız o iki yılı düşündüm. Çok daha eski bir tarihten başlayan ve küçük gece odasının ta içinden geçip gelen büyüleyici yolu.. Ansızın bitiverdi.. "O on yıl boyunca bende bir anne aradığından nasıl emin olabiliyorsun.." dedi. "Kendimi büyük bir tapınmayla sana adayışımdan belki de," dedim. "O benim biricik politik yıldızımdı. Bileklerime bağladığı bir ipin ucunu elinde tutardı. Sen onun yerini almasaydın, küçük gece odasından kaçardım.." İki silik gülümseme geçti aramızdan, sustuk ve bir süre konuşmadık. Soluğumu çeke çeke, zorla kucakladığım kendimi boylu boyunca kanepeye uzattım ve gözümün ucuyla içine baktım. Sevgili Başkanımızın epeski fısıltılarıyla doluydu hâlâ.. Dayanamadım, ayağa kalktım ve odanın içinde dolaşmaya başladım. "Annenin yüzünden yüzüme yansıyan ışık artık söndü ha?" Artık ipini kırmıştı sesim: Evet, canım, bugünden sonra kahveleri sen yapacaksın, bulaşıkları da sıraya koyacağız. Uzandım, iki omuz başını ellerimin içine aldım ve, "Hatırlıyor musun.." diye mırıldandım. "Seni o tepelerin başındaki evlere ilk götürdüğüm gün nasıldın.. İkimizi bohçacı kadınlara benzetmiştim galiba.." O tepelerin başına çarpıp dönen kahkahasını kulaklarımın içinde yeniden duydum. "Ama kadınlar seni dinlediler diye sevinçten uçmuştun.."

Evet, uçmuştum ve uçarken çıkardığım sese bayılmıştım. Bu ses, günlerce dilimizin gülü olmuştu. – Hey bulutlar, bu gördüğünüz kızdan bugün bilinç aldılar.. Yalnızca annemin yüzünden yansıyan ışık mıydı beni bileklerimden on yıla bağlayan? Olağanüstü olan başka ne vardı? Binlerce taşınmaya değer sözcük olmalıydı, ama kendime uyguladığım onca baskıya rağmen bu sözcüklerin yerini bulamıyordum. Günlerce o daracık sokaklarda dolaşmak, arka yollardan gece evlerinin içine sızmak orada kaybolan kendime beni kavuşturur mu?

Yalnızca benim değil, dostlarımın bellekleri de yanıp kül olmuştu. O on yıldan onlara kalan küçük hikâyelerini anlattırmak, seslerini birleştirmek, duygularının rengini yakalamak işimize yaramayacak, biliyordum. Boğaz'ın uzak kıyılarında, "Ne istiyorsa anlatın," diye tembihlenmiş insanlarla yürüyordum durmadan. "Devrimin olacağına inanıyor muydun? Yoksa onca bayrağa bakıp bütün insanların inançlı olduğunu, ama ne çare, senin bir utanmaz soyundan gelmiş bulunduğunu ve yazık ki bunu saklaman gerektiğini düşünüp derin derin iç mi çekiyordun?.."

Dostlarım,

Uzun yıllar bölgemizde kalmış, daha sonra zorunlu nedenlerle bölge değiştirmiş, hepimizin yakından tanıdığı bir kadın arkadaşımızın bana söylediği dehşet yüklü sözü, bu raporun en kıymetli sözü ilan ediyorum: "Seni görünce, inan bana mezardan çıkmış bir ölüyü görmüş gibi oldum." Bana gönderdiğiniz liste, baştan aşağıya birbirlerinin yüzünü dahi görmek istemeyen insanların adlarıyla dolu. Tek tek konuştuğum bütün arkadaşlarda hemen hemen hepsinin gömdüğü birer on yıl buldum. İçlerinden yalnızca biri "Bizi şiirle kandırdılar!" diyecek kadar öfkesini diri, gözlerini buğulu tutuyordu. Dediğiniz yerde yaşayarak yaratılmış büyük bir şiir değil, tek bir dize bile yoktu. Bence unutamadıkları ama itekleyip buza düşürdükleri bir zaman parçasının peşindesiniz. Umalım, o on yılı soruşturan öbür arkadaşlar, ıslak ve tenha caddelerdeki otobüs duraklarında coşkuyla kucaklanmış olsunlar.

Yesem örgütü beş defa
Bir demet yasemenle

Mahallelere gelince: Düşüncelerimi kendime has kalıplara dökmemden hoşlanmadığınızı, yüzlerinizin bana karşı kımıldanışlarla sarsıldığını biliyorum ama buralarda kayda değer tek şeyin "politik söz modası" olduğunu iletmek zorundayım. Örnek: Yesem örgütü beş defa bir demet yasemenle.. Dayanışma paralarını hırsızlayan bir işçinin kaçıp giden hayaletinin ardından hiç beklenmedik bir söz yangınının çıktığını ve kısa zamanda yedi mahalleye birden yayıldığını anlattılar. Geçmiş dönemde, "Bilinç getirdim, açın!" diyerek kapıları çalanlar, işkence, işsizlik artık fıkra konularını oluşturuyormuş. Vakit kaybetmeden moda olan sözleri, fıkraları, PSD (problem sorun değil) ekiplerinin yakın geçmişle ilgili değerlendirmelerini yazıya geçirip toparlamak gerekiyor. Bu iş için gönüllü olduğumu bilmenizi isterim. Unutmadan: Bana anlatılan tüm işkence hikâyelerinde, işkenceyi zaten hayatın parçası sayan bir tavır gizliydi. Çoğu, günlerce gözlerinin bağlı tutulmasına büyük öfke duymuş tabii.. Ama şaşırtıcı olan şu ki, en çok dikleştiği için yana yatmayan saçlarından şikâyet ettiler. Yanlarında tarak yokmuş ve kırık parmaklarla friksiyon yapmak gibi zor bir pozisyona sürüklenmişler. Bana işkence konusunda sordukları ilk soru şu oldu. – Yeni mi çıktı bu stiller?. Bu sorunun bir yanı, düşünülmeye değer sanırım. Öyle geldi ki, işkenceden çok yeni olan işkence stillerinden dertliydiler. Birkaç hafta içinde zevkle okuyacağınız hikâyeler göndereceğim size. Bunlardan birinde, hayata uygun yolları yaratma konusunda bizden daha işlek olan zekâlarını, nihayet dillerine şeker etmişler. İşte hemen pırıltılı bir haber: Önce, gündelikçi kadınların sigortalanması için sürdürdüğümüz derbeder öncülüğü hatırlayınız. Yerel kadrolar toplaşarak bir temizleme şirketi kurmuşlar ve kanlarının sigorta sorununu çözüme kavuşturmuşlar. Soruyorum: İşten çıkartılan işçilere, tazminatlarıyla kahve açmalarını kim öğütledi Allah aşkına? Yeni mekân yaratma hevesi pek işe yaramamış. O arkadaşa ömür boyu bölgemden uzak durma cezası veriyorum. Hepsinin tazminatı batmış, hem işsiz, hem öfkeliler. İçlerinden biri, "Sayalar gibi geldi, sonra da gitti," dedi. "Saya"nın anlamına *Derleme Sözlüğü*'nde bakmanız gerekecek.

Sekreter Rüzgâr,

Saya hayvan ve insan izi demek mi? Yoksa biz sözlüğe yanlış mı baktık! Eskiden beri örgüt içinde mizahın yaygınlaştırılmasından yana olduğun bilinir. "Gizli sular altındaki kuru arşiv.." Bu hakareti çok sevdik. Gönderdiğin kurmaca metni zevkle okuduk. Derlediğin sözleri ve fıkraları dikkatle inceledik. Fakat, el altından kadrolar arasında dolaştırılacak bir sayfalık mizah eki fikri hepimizin tüylerini ürpertti. Ölmeden tanrıların güldüğünü görmek isteyen bir militanı kim kırmak ister? Ama imkânı yok gönüllerimizi razı edemedik. Ne yapalım ki senin deyiminle bilimin icabı bizler, tam da işaret ettiğin yerden, saçlarımızın ucuna kadar acıya batmış olaraktan geçmekteyiz. Böyle bir eki el altından dağıtmaya kalkışırsak, haberin olsun kurşun dişliler bize güler. Yollarda uzun uzun yürüyen sana kavuşmak, büyük bir kazanç. Şimdilik bu sapkın ekle yetinmek zorundayız.

Not: "İllegal kadrolarda aksesuar, kostüm seçimi ve arabesk kültür".. El yazın okunaksız. Temiz bir daktilo bulursan metni daktilo et. "Pek yakında devrimciler işçilersiz kalacaklar".. Bu başlık kafa karıştırmaktan başka bir işe yaramıyor. Yazılarını kişiliğinin saldırısından korumak gerekecek. "Politik aydınlarla işçiler arasındaki uzlaşmazlığın rengi".. Nar çiçeğiyle zeytin yeşili mi? İnsaf et..

"Ruhumdaki sıkışmayı sana nasıl anlatacağımı bilemiyorum. Bir tek o, ölmeseydi beni anlardı. Onunla hep geceleri dolaştık. Yıllarca.. Ne kötü, yüzü sokak lambalarının kederiyle yan yana kaldı. Bir şiirimiz var ki unutamıyorum. O avucunun içinde bir şey saklıyor. Avucunu başından yükseğe kaldırmış. Ben etrafında dönüyorum, gülerek.. Kolunu tutmuş aşağıya çekmeye çalışıyorum. Avucunun içinde küçük bir rozet.. Yakama iliştiriyor ve bir asker selamı çakıyor bana.. Yaşım yaşının tam tamına yarısı. Dediğine göre benim bütün suçum çok genç olmammış. En genciniz olduğum için ağlatıldığımı söylerdi. Yani bu boyumla koca koca işçilerin düşlerini yıktığımı.. İstihdam sorunu! Hep başımda büyük bir bela olarak kaldı. Küçük bir çocuğu dinlemeye yanaşmazlar! Çok zor hoca oluşumu kederle hatırlıyorum. Kendimi yaşlandırmak için nasıl uğraştığımı.. Ne vahşi bir yanılgı.. Şimdi düşün bak.. Okuduğumuz kitapların tümü sana sevecek bir sınıf bağışladı.. Dur hemen heyecanlanma.. İkimiz de evlerimizden kaçtık, değil mi?.."

Heyecanlandı ve yüzümde beni anlamayan gözlerinin ışıkları dolaştı. Aynı dilin içinde bir gün boyunca umutsuzca çırpındık. Sevgili Başkanımız ve ben. Konuşmaktan yorgun düştük. Şiddetle bir çevirmene ihtiyaç olduğunu söyleyen Sekreter Rüzgâr ve Sekreter Rüzgâr'da dehşetli bir sapma tespit eden o.. Akşamın isi ikimizin de üstüne bulaştı, silik gölgelere dönüştük..

İkinci solukta: Evlerimizden kaçtık evet, sen okuduğum kitapların yazdığına bakılırsa burjuva bir mekânetten çıkıp geldin. Doğru mu bilmiyorum, senin sınıfın sevilmeye layık değilmiş.. Seveceğin kar çiçeği gibi pırıl pırıl yoksul insanlara uçuvermişsin, kalbinin içini bir çırpıda onlarla döşemişsin, olup bitmiş.. Benim kalbime kramp girmiş ne umurun.. Yani şimdi, en genciniz ve en güzelinizdim de beni hep bakkala gönderdiniz diye mi dertleniyorum sanıyorsun? Ben çok yaralı bir buzağıydım küçük gece odasının kapısını tırmaladığımda.. Senin o pırıl pırıl kar çiçeklerin var ya, akacak kan filan bırakmamışlardı bende.. Sen nasıl kendi sınıfına karşı bir rafa tırmanmaya çalıştıysan, ben de bizim kar çiçeklerine karşı bir rafa tırmanmaya çalıştım. Haaaa.. Birdenbire öğreniyorum ki suçlu burjuvaziymiş.. Unutturur mu sanıyorsun bin tane kitap bizimkilerin beni katletme girişimlerini!. Bağırıp çağıran bir hayatın üstümdeki kesiklerini göre göre senin kadar kolaycacık sevilmeye layık bulabilir miyim onları? Bu, kalbimi acıtan bir açık değil de ne? Bilim sana sevecek bir sınıf bulmuş ama bana bulunamıyor. Avucumun içine tutuşturduğu lanetlenmiş bir suçluyla yüceltilmiş kendi aşağılanmam.

Üçüncü solukta: Avucumun içini yakıp kavuran iki armağana baktıkça bayılasım geliyor inan ki. Sevgisizlikten sıkışan kalbimin üstüne, yalan söylemeye mecbur ettiğim elimi bastıracağım ve şükredip savaşacağım. Olacak gibi değil.. İkimiz aynı ışık altında nasıl yükler taşıdık hiç dönüp baktın mı? Ruhunun ruhumun üstündeki ağırlığını tartabileceğim bir terazi icat edilsin istedim. Sonra? İşçilerle görüşmem yasaklandı, niçin? Kalbim annemin ölüsüyle parçalandı diye mi? Kendi sınıfıma duyduğum iç öfkenin kıymetli bir politik açı yaratacağına inandığım için mi? Onları sevmeyi öğrenmenin başlı başına bir savaş olduğunu haykırdığım için mi? Benimki zavallı bir parçalanma. Bir solukluk pay bile bırakmadınız bana. Bir meydana, tutuldum ve götürüldüm.

Dördüncü solukta: Ey Başkanım, savaşlardan savaş beğen diyorsun galiba. Derme çatma maketim, beğenmiyorum işte.. Ne senin savaşını, ne kendi acıklı kıstırılmamı. İnat ediyorum ve toplamıyorum parçalarımı. Dursunlar oldukları yerde. Eteklerime, ceplerimin içine, ellerime sığdıramıyorum. Anlamıyorsun.. Dayanamıyorum, onların yan yana gelişinin çıkardığı gürültüye, şiddete.. Ama illa ki seç diyorsan, seçiyorum: İşte şu gördüğün sana karşı parçayı. Üstünde "Evine git!" yazıyor. Kendi hayatımı almak, sana da hayatını vermek istiyorum. Bu incecik bedenin gözlerimi üzüyor.

Son solukta: Sınıfımı yücelten o büyük aşkınız –korkuyorum nefrete dönüşecek– ayağımızı gerçek zeminlerimizden kaydırdı. El ele köhne bir tapınağa yuvarlandık. O tapınağın içinde koskocaman bir aşağılama kıvrılmış yatıyordu ve biz kımıldandıkça bacaklarımızı ısırıyordu. Kimse işçilerle görüşmeme engel olamaz. Dostlarımıza söyle, onlarla geceleri gizlice buluşmaya devam edeceğim. Bir gün hayatın, "Elveda işçiler!" diyeceğini onlara söylemem gerekiyor. Neyi merak ediyorlar, bu buluşmanın rengini mi? Bence, yalnızlığın rengine benziyor. Ama daha anlaşılır olur belki de, ayrışma diye bir renkmiş dersin, şimdilik Kaf Dağı'nın ardında gibi bir yerdeymiş ama üşenmeyecekmiş ve gidip onu getirecekmiş..

Yüksek bir yere çıksak, Mukoşka, eğilip baksak. Ucunu tükürükleyip acılarımızın kaynaklarını işaretlesek mavi kalemle. Dere yataklarını bulsak. Üstümüzde nerden nereye akıyorlarmış.. İzlerini sürüp yollarını kırmızıya boyasak. Beyaz, küçücük toplu yön oklarımız olsa, şu süslü iğnelerden. Terzilerden istesek. Acılarımızın kesişme noktalarına sarı gül yaprakları yapıştırsak. Kan dolaşımını gösteren o unuttuğumuz haritalar var ya, tıpkı o haritalara benzeyen birer harita yapsak kendimize..

Derbederlik başımı döndürüyor, Mukoşka, şimdi ne bekliyorum biliyor musun? Sakalı ışık yivli yepyeni bir masal dedesi. Halkımızın yüreği daralınca ansızın bir çeşme başında belirenleri var ya.. Epeydir onlardan birini arıyor gözlerim. Bastonunu toprağa vurup kanlı bir savaşın öncülüğünden kurtarsın sınıfımızı.. Gelip şu yükü kaldırsın omuzlarımızdan.. "En ezilenler" üstüne çizilmiş modelleri beğenmeyip yırtsın. Beni incitmeyecek bir yol açsın sihirli bir solukla. Biliyorum, "Bilimsel bir kader!" diyeceksin, bilmiyorum bilimsel mi? "Aşağılanacak sınıfımız, katlanmak zorundasın.." Çok iyi duyuyorum çimen minderlerin, taş yatakların hışırtısını, tıkırtısını. "Aç kalmış, alta yatmış, güreşmiş, üste çıkmış.." Ne yapsak, nasıl dursak, kimin boğazına bassak o en güzel çığlıklarla, yüreğimin acısı silinmiyor, Mukoşka. Çünkü biz en mükemmel açmazıyız dünyanın, canım. Ne yazık ki bize teoriler bile yalan söylemek zorunda.. Ve biz idare etmeye mecburuz herkesin vicdan azabını. Susarak, onlara katılarak, gülümseyerek.. Çok fazla utangaçız hâlâ, hâlâ..

İnsanın dünyaya bağlanma aptallığının nerdeyse tüm yükü omuzlarımızda ve dönüp sormuyoruz, yalnızca bizim mi kızıl kırmızı kanımız!. Akacak, sızacak, süzülecek ve teknolojiyi geliştirecek!. Bu arada sulanacak çiçekler de!. Boğulacak inşallah tüm zararlı böcekler.. Ah ıslanacak duyargaları, birer birer ölecekler.. Gözlerin yüzünde yürüyor derdi annem.. İnan ki öfkeden.. Canım kız kardeşim, ah, dil yok ki anlatayım.. Mükemmel olabilir üretim denklemleri, hayranlık duymayı gerektirecek kadar.. Benim de soluğum kesiliyor o koca koca kitapları okudukça.. Yine de benden habersiz, bir kez bile sormadan bilinçsiz ve bilgisiz olduğuma karar vererek kanımı akıtmayı düşünmüş olmaları var ya.. Bizimkilerin bilinçsiz ve bilgisiz olduğuna inanmıyorum, Mukoşka.. "Yüreğini beynine dolaştırıyorsun," diyeceksin, "bir damlacık onur seninki, dev bir yaprak üstünde ufacık bir çiğ, boşuna bekleme o masal dedesini.." İnan, seviyorum denklemleri, deli gibi seviniyorum felsefî binalara baktıkça.. Ama tuhaf bir açı var onlarla aramda, canım.. Ruhumun sızlanmasından anladığım, çakışmayıp çarpıştığım. Dalaşıyorlar bana.. Şu kan dolaşımını gösteren haritalara benzeyen birer harita henüz yapamadık ama, adım gibi biliyorum ki, yapsak ve evlerimizin duvarlarına assak, apaçık göreceğiz. Bizim kaderimizin bizden bambaşka bir şey beklediğini.

Yağmur yağıyor, canım. Sen Mukoşka, kolla sınıfımızı, bir şemsiye aç, şu dünyanın başına bela olmuş yoksullara.. Ben ellerimin üstünden akan çığlığı okşamak istiyorum. Dudaklarımı ve dilimi ürkütmeden kederle mırıldanmak: Basıncın ve baskının ters yüz edilmiş yansıması gözlerimi aldattı. Işığın bir oyunuyla kendimden geçtim. Lunaparksızlık çekmiş bir köylü kızı olduğum için..

Gel, bırak ıslansın zavallılar, boş ver, Mukoşka.. Biz zaten çoktan atladık basamakları, çeri çöpü geride bıraktık.. Say bakalım ne kadar yıl uzaktayız onlardan.. Yaralarımızı haklı çıkarmadır belki de sınıf dediğimiz şey.. Boşuna bir avunmadır acılarımız adına.. "Sınıf", böyle bir sözcük yoktur da bizim dilimizde, belki de kendimizi bir başka dilde anlatmak için çırpınıp durmaktayız. Diyorum ki, Mukoşka, eğer iteceksek bu aşağılanmayı, bu sözcüğü de parçalamak zorundayız..

"Küçük şüphe, beni sen oyaladın.."

"İyi bir iz sürücü olmadığına kimse inanmaz.."

"İyi yürekli bir iz sürücüydün desene şuna.. Kendini incitmekten korkan bir budalaydım.. Karıncalanmakla yetinmiş tok gözlü bir militan.."

"On yıl dediğin upuzun bir zaman sayılmaz.. Hele senin gibi yarı tanrı bir kız için.. Öğrendin, büyük şüphe isteyenlerin çok fazla acı çekmesi gerek.."

"Ne mutluymuş ki bana, ölülerim çok, yanılgılarımın ucu beynimi delecek kadar sivriymiş ha?"

"Ta baştan keşfedemezdin bu savaş modelinin de senin ezilmeni onayladığını.. Kendi içinde biriken kendini ezme isteğini düşün.. Nefret taşını hatırla.. Adına terslik dediğin mekânı.. Orada yaşanan gerçekliği.. Olağanüstü olan başka ne vardı diyorsun, beni o on yıla bileklerimden bağlayan!. Niçin o kadar görkemli bir buluşmaydı? Çünkü kendini aşağılaman bilimsel bir aşağılamayla doğrulandı.. Kolay mı kırk kadının kollarının arasında baygınlık geçirmemek!. Bu öyle bir çarpışmaydı ki, gözlerinden yıldızlar, çelik aynalar, kuşlar uçuştu.."

"Hatta bayraklar bile tutuştu, yüzüme de kıvılcımlar sıçradı.."

"Ve damarlarının uçları yandı, gördüm. Kemiklerinden çıkan çıtırtıları duydum.. Soluğundaki bozulmayı, sesindeki çürümeyi.. Kolay olmayacak kendini onarman.."

"Bir yangını seyreder gibi seyrettin demek beni.. Öyleyse sana malum olan doğrudur, bayan.."

Yastıktaki mahzun, uykulu, meçli saçlarına baktım. Elinin altında duran ışıltılı taşlı gözlüğüne burkuldum. Bu gözlük onun tek silahıdır. Polis bu evin kapısını kırdığında yüzünün yarısına onu takacak. Bu odada yalnız kaldığında kâğıtla dumanla oynar durmadan. Geceleri sigaradan sarı başlı, ezik büzük tırtıllar yapar, sabaha kadar. Karanlıkta, yarısı kaybolmuş bir heykel gibi yatakların içinde oturur. Elinde hep bir kül tablası tutarak.. O benim sabahları bu camlı kapının ardında durup seyrettiğim olur.. Gülümsediğim.. Benim orda durduğumu anlar ve gözlerini aralar. Derim ki: Bana fermuarı bozuk olmayan bir pantolon alamadın. Mırıldanan dişlerinden incecik bir ses sızar, damlar ve yorganın ağzına bulaşır. Boyası uçmuş saçlarına yine öyle dalgın baktığımı gördü işte.. Gizli bir utanmayla ardıma kaçtığımı. Çıktım ve evin dışına saklandım. Akşam gelip bu evin içindeki ışığı solduruncaya kadar sokaklarda dolaşacağım. Gözleri, "Annemin ölü gölgesi bayrağım olsun ki, kendimi size karşı savunacağım.." dediğimden bu yana hep dargın bir bükülmeyle yumulur ve usulca saçlarının altına kayar.

Sanıyorum yavaş yavaş kaybediyorum onu.

Ey devrim tanrıları, ne çabuk öfkenizi ona bulaştırdınız. Daha biz onunla göz denen suların içine dala dala konuşamadık. Bakın, burada, yedi minibüs durağında, on yıl önce bir gün, bir arkadaşım vardı yanımda. "Artık," dedi bana, "karşıdan karşıya geçerken bile çok dikkatli ol. Bütün bu insanlardan sen sorumlusun, onlar için yaşadığını sakın unutma.." O konuştukça utanma denen halkalardan takıyordum boynuma. Öyle çok ağırlaşmış olmalı ki boynum, bugün gibi aklımda, mütemadiyen önüme bakıyordum. O daha önce bana açıklamıştı ki, yoksul insanlar bir de kadınlar inisiyatifsizdirler. Soru sormaya niyet ediyordum ve o zaman çok çarpıyordu kalbim, ben de o açıkladığı şeyden oluyor sanıyordum. Hey devrim tanrıları, duyun, heyecanları bile bozuk olurmuş onların, konuşmak istediklerinde tuhaf kasılmalar boy gösterirmiş yüzlerinde, yanaklarını kırmızıya batırıp çıkarırlarmış su içen ördekler gibi çabuk da çabuk, ellerini ayaklarını çamura bulaştırırlarmış ve dudaklarına durmadan kanat çırpan bir kelebek konarmış.. Ben işte onlardan biri olarak, o gün Sevgili Başkanımıza bir hikâye anlatmak istiyordum. Bu benim çok küçükken Kuran Kursu hocamın bana bana inanması yüzünden, Tanrı'ya olan inancımı ansızın kaybedişimin hikâyesiydi. Bu onun sesi: Bu gece evlerinde yaşayan insanlar bizleri yedi başlı birer ejderha sanmaktalar. İlerde bir gün senin bizden biri olduğun ortaya çıkarsa, bizim yedi başlı birer ejderha olmadığımızı anlayacaklar.

Orada yaşayanların gözünde birer ejderha olmak istemeyen dostlarıma en kıymetli hazinemi seve seve armağan etmeye razı oldum. O vakitler, savrulan bir tülün ardında durmadan ayrıntılar, küçük sesler, kımıltılar, hikâyeler biriktirirdim. Beni saran kötülüklerden bıkıp usandığım zaman onların üzerine eğilir, "Size geldim, size geldim," derdim. En iyi yaptığım şey onları yan yana dizmek, üst üste koymak, dağıtıp bozmak, yeniden birleştirmekti. Benim seçmelerimden bir gerçeklik yaratırdım ve bu gerçekliğin içinde prensesler gibi yaşardım. Yüce bir görev için o gençlik tacımı benden istediğinde, kendi kendime, "Ne yapayım," diye inledim, "dostlarım için feda olsun!." Verecek başka hiçbir şeyim yoktu ve onun sesindeki gece evlerinde yaşayan insanların karşısında, daha ta başından kendini suçlu sayan titreşimler içimi burkmuştu. İlk günlerin bu ilk cümlelerinden de anlaşılacağı gibi benim üstlenmem gereken rol şuydu: Kucaklarında büyüdüğüm insanların arasında gizli bir ejderha olarak Gülfidan suretinde dolaşmak.

Ve ilerde bir gün gizli bir ejderha olduğum ortaya çıkarsa, onların öteki ejderhaları ejderha olarak görmekten vazgeçeceklerini ummak!

Dudaklarıma da, of, kanatları titreyen kelebekler filan konar demeden, ellerimi ayaklarımı çamurlara bulaştırıp heyecanı bozuk biri olarak yine de soru sorabilirdim. Deli gibi masum, hınzırca bir intikam yolu açılmamış olsaydı önümde.. Istıraplar içinde yorgunsam şimdi, ey devrim tanrıları, sinsi bir plancı olduğum için.. O bana anlatmıştı ki, sekiz dokuz yaşlarındayken bahçelerindeki erik ağacının etrafında tek ayak üstünde elinde kitap dönerek ders çalışırmış..

On yıl önce ben, onun o eski alışkanlığına boyun eğip yedi minibüsün etrafında dönerek dersime çalışırken kolu koluma değdikçe şu gizli ejderhalıktan payıma düşecek neşeyi düşünüyordum durmadan.. O çok kızdığım sınıfıma oynayacağım oyunu.. Gizli bir ejderha olduğum ortaya çıktığında yüzlerinin alacağı rengin kokusuna burnumu nasıl bir zevkle dayayacağımı..

Gizliliğin yasallaşması, canım, az sayıda insan arasında yasallaşması, gizliliğin leylaklar grisi renginin uçup gitmesi mi acaba? Gizliliğin kemiklerimizi çatlatıp daha derinlerimize damlaması mı? Görüyorum, kirpiklerin bulutlara batmış gizlenme telaşıyla, "Hangisini desem?" der gibi bakıyorsun yüzüme. Mukoşka, bırak şimdi kirpiklerine ah ettirmeyi de, "Gizliliği eline verirlerse ne yaparsın?" der gibi bakıver işte.. Sende bugün, söyleyeceklerimin çoğalmasını istemiyormuşsun gibi bir hal var. Gizliliğin aptallığı, Mukoşka, gizliliğin gizlediği zavallı bir neşeye saptırıcılığı olmalı.. Ah nasıl merak ettim, senin on yaşından on sekizin başına yazları, sonraları mevsim filan da ayırmadan çalışan ellerine gizliliği pat diye bıraktıklarında ne yaptığını. Ortada işte, senin için, "İyi bir gizli olabilir," diyen kız kardeşin, şimdi geceleri uykusunda şu gizlilik denen şeyin ruhunu nasıl sakatladığını rüyalarından bulmaya çalışacak kadar işleri karıştırmış bulundu.. Bak şuna, arka odalardan minibüs duraklarına vurmuş, bir ölüden zorla koparttığım çok gizli bir burun bu. Sor bakalım, nasıl bir zevkle dayanmış yüzlerinin aldığı rengin kokusuna.. Gizliliği elime verirlerse, Mukoşka, kulaklarıma getirdiği iç gıcıklayıcı, tehditkâr ve tahrik edici sesi kökünden koparırdım herhalde. Ruhuma yaydığı hazzın boğazına, ellerimin gerdanlığını takıp tüm gücümle sıkardım, canım..

İnanılır gibi değildi ruhlar, on yıl önce burada burnumun bir kalbi olmuştu. Kokulardan duygular çıkartacak bir sefil doğmuştu durup dururken. Yer kubbeye karışık kuruşuk asılmış yıldızları, en esrarlı bakışlarla seyreden bir arkadaşım vardı yanımda. Onun gözlerinin aynasına, benim düşlemekten bile aciz olduğum, bayıltıcı güzellikte bir dünya vuruyor sanıyordum. Beni gizliler katına çıkaran, beynimi ezecek süslerini, hayatım boyunca peşinden gitmeye oracıkta razı olacak kadar afallatıcı bir doğallıkla sergileyen bu arkadaşımdı işte.. Ben ona o gün orada, sevinçle fısıldamıştım ki, şimdiye kadar görünmez taylarla aynı dili konuşan hiç kimse çıkmamıştı karşıma. Gizlilik tekniği denen tılsımlı bir teknikle tüm kapıları açtığınız doğru mu? Hayatları karanlık bir tünelde dolaştırdığınız.. Kendini hiç göremiyormuş insan, ama başında kuşların uçtuğunu sanıyormuş.. Duydum ki, asit içmiş gibi bir rüyaya dalıyormuş.. Ne mutlu bana.. Zavallı hayatımın ayrıntılarıyla oyalanmaktan başka yapacak şey bulamıyordum. Karanlık bir boşluğa, yoksullar için ışıktan resimler yapma fırsatı çıktı karşıma.. Hep beraber büyüleyici bir yolculuğa çıkıyoruz, ha?..

Kayıt için şartsa, sizinle gelecek insanların sırları, saplantıları, ruhlarındaki yırtıklar, bedenlerinin uğradığı hastalıklar, dediğin gibi kötü huylarımı saklamam gerekiyorsa, emirlere uyarım. Birkaç şey var zaten yazılmaya değecek. Bir: Tüm gençliğimi karartan o ağır aşktan tuhaf bir alışkanlık düştü payıma. Başımı cama dayarsam ve sokaklara bakarken bakarken birdenbire korkuya tutulursam, soluk soluğa koşup örtülerin altına saklanırım ben. Bedenim sarsılır ve ağır ağır durulurum işte.. Ara sıra bayrağınızı bana ödünç vermeniz gerekecek. İki: Yakayı ele verirsem dert çıkartır mı bilmem, küçükken menenjit geçirmiştim bir de. Üç: Tüm kardeşlerim gibi çocukken yediğim dayaklarla övünürüm ve postumu ayaklarının altına alacaklar çıkıp gelirse, yediğim dayakların işime çok yarayacağını düşünürüm..

Alnın cama dayandığında Mukoşka'yla sabahları ağlayarak yürüdüğünüz merdivenli sokağın taşlarına dökülmüş sürüyle, kuzu yavruları gibi beyaz çiçekler gördün. "Geldiler," dedin, "beni almaya.." Merdivenlerin başında, polisin gibi duran ağaca gözünü verdin. Süse meraklı sesine takıp takıştıracağın inciklere boncuklara dalıp gittin. Seni hep prenses yaparmış yapraklar, yeşille okşanırmış yüzün.. Sinir uyandırıcı, insanı utanç duymaya itecek şeyler söylerdin. Sana hiç kimse gözlerinle gördüğünden daha güzel bir dünya veremezmiş ve deniz kenarında yürümek o karanlık tünelde tütsülenmekten daha güzelmiş.. Beni hep en gergin kaslarıma bindirdin. Senin yanına en terli avuçlarımdan tuptuzlu suları yudumlaya yudumlaya gelirdim. "Şeffaf kâğıtlarda çirkin bir el yazısıyla bu bahar, oldum ben de görünmez tay, sayenizde güzel bayan.." dedin. Ne bir selam verdin, ne bir soru sordun.. Sustun.. Şu gizli ejderhalığa içten içe burun kıvırdığını, benimle haince eğlendiğini biliyordum. Ama kendine kapanarak ruhumu öyle bir yere kilitledin ki, vermediğin selamların, sormadığın soruların seni kahretmesini dilemekten başka bir şey yapamaz oldum. Tüm kalbinle bana bağlanacağın günleri düşleyerek kendimi avutup durdum.. Suratında beliren ince ince büklümler gözlerimi üzmesin diye ah nasıl çırpınıyordum. Öfkeme sabırla direnmeseydim kanlı kızıl mermer, o tapılası simge kafanda patlayıp paramparça olacaktı. Bilmiyorsun, ruhumu kilitlediğin yerde seninle dopdolu düşler kuruyordum.. Yorganların altında titreyerek bana tapındığını, ellerimi öpüp parmaklarımı yanaklarının üstünde dolaştırdığını, omuzlarına alıp beni yıldızlara çıkardığını.. O başımı büyüleyip döndüren yanıma usulca yaklaşışını, gözlerime bir daha bir daha tekrarlatıyordum. "Acıyorum size sanırım.. Tek başınıza çok fazla yoruluyorsunuz siz.. Renkli kartonlardan harf kesmek, pankart yapmak, omuz omuza çıta çakmak daha hoş yapabilir hayatı, hem krepon kâğıdından kuşlara da bayılırım ben.." Kar çiçeklerinin donuk pırıltılarıyla karşılaştırıldığında ancak aptalların omuz silkeceği verimlilikte bir hayatı yoksul insanlarla eşitlenmek adına terk ettiğimi biliyordun. Senden beklediğim küçücük okşamalarını sürdürmendi. Sizin için büyük bir coşkuyla kendimi eksilttiğimi düşünüp beni yüceltmeni istedim yalnızca.. İşten ayrılıp kendini tamamıyla davamıza adadığın sıralarda sezgilerim artık omuzuna basıp yukarılara tırmanabileceğimi, koparacağım erdem için yüreğinin sağlam bir tutamak olacağını müjdelemişti ki kendini inanılmaz bir hırçınlıkla geri çektin. Sevgisine muhtaç olduğum kıpırtını, ulaşamayacağım kadar uzaklara götürdün. Seni irkilten şeyin ne olduğunu hâlâ bulabilmiş değilim ama yanımdaki varlığından duyduğun gururun uçup gidişini sarsılarak seyrettim. O günden sonra bakışların küllendi ve yüzünde derin kuşkular açıldı. Küçük gece odasının kapısında dikilip öfkeyle dışarı çıkmamı beklediğin gece, bedenimin korkuyla titremesinden ve dağılıveren rengimden artık belli oldu ki, yazdığımız pankartları parçalayacak, oradaki varlığımızı aşacak, şiddetli bir fırtınadan korunmamız imkânsızdır. Dinle: O çirkin el yazın görünmez tayların şeflerine ulaştıktan bir hafta sonra, sağda solda, senin yola gelmez, romantiklikte bir ukala olduğuna dair söylentiler dolaşmaya başladı. Yalvarıp yakarmama rağmen silmeye yanaşmadığın birkaç cümle başıma bir sürü bela açtı. Kavgacılığın, ast üst dinlemeyen dik başlılığın, senin deyiminle parlayıveren ispirtoların, şu iğrenç, "Politik sosyete" lafın, "Şeflerin erkek emanuelleri" diye diye çılgına çevirdiğin karılarının dilinden düşmeyen adın, üst üste katlanınca, seninle ilgili, silinmesi bir hayli güç, yanlış, haksız yargılar çıktı ortaya ve ben göğsümü kalkan edip seni savundum. Şu senin adına açtığımız dosya, soruşturmalar, tutanaklar, ifadeler, o çirkin el yazın.. "..Sizin galiba benim ilgime çok fazla ihtiyacınız var. Vapurlarıyla, fabrikalarıyla, sayısız mahallesiyle koskocaman bir bölgeyi bana bağlayacağınızı haber alınca ne yapacağımı şaşırdım. Çok düşündüm ve anlatamayacağım kadar üzüldüm. Sayıları bir elin parmaklarını geçmiyor olmalı ki, diye bir kuruntuyla içim parçalandı, girip çıkıp hayretle mırıldandım, durup durup kedere bulandım. Benim payıma böyle bir zenginlik ha? Şimşek toplamaktan kollarım yorulmuşken.. Kahroldum, kavruldum.. Ben sanıyordum ki, ey aydınlar, sizinle aramdaki büyü hiç bozulmayacak. Ay gibi yusyuvarlak ve yıldızlar kadar parlak kalacak. Öyle uzak.. Neyse, geçti geldiniz artık.. Fakat.. Ay! Çok yazık...." Alışılmadık bir ifadeyle çıkınca karşılarına senin Sevgili Başkanın olduğum için beni suçladılar ve ben, senin sorumluluğunu bir ömür boyu taşımaya hazır olduğumu söylemek zorunda kaldım.

Politik hayatımı –herhalde kitap olmuş yanı da dahil– ona borçluymuşum.. Yolumu aydınlatan ışığımı söndüreceklermiş ki, koşup yetişmiş, göğsünü kalkan edip benim için çarpışmış.. O hariç bana arka çıkanların tamamının problemli kadrolar olduğu tespit olunmuş. Kocalarından boşananlar, sorumlularıyla dalaşıp bölgeme iltica edenler, çocuklarından dert yanmak için köşe bucak beni arayan hareketimizin ablaları, ayaklarımızın küçük burjuva eğilimli bağları, farklı ideolojinin erkekleriyle gizli aşk yaşayan, ilerde ajan olacakları kuvvetle muhtemel sadakatten uzak adı lazım olmayan kadınlar, serseriler, sümüklüler, yanaşmalar.. Bir tek o varmış –yüreğini yumruklayarak– o gün, grevcilere ders anlatırken, işçilerin tümü birden çadırdan çıkıp cuma namazına gidince, ikimiz yüz yüze kalakalınca, bana bakmış ve gözlerimde yaş görmüş, o vakit anlamış işte, benim ne kadar inançlı olduğumu.. Bunu herkese ispatlamaya hazırmış artık.. Yüzümde onu doğrulayacak çok yerinde işaretler saptamış çünkü.. Yaşasınmış gözyaşı..

"Asıl şimdi," diye geçiriyordum aklımdan, "annemin hazır şiir kalıplarına döktüğü o güzel gözyaşı tuzlu kurabiyelerinden olacaktı ki, şöyle koca bir tabak.." Beni aldatılmış, hırpalanmış göstermekten zevk aldığı için öyle çok hırslanıyordum ki, daha konuşmaya başlar başlamaz şu hatırlamak denen pis oburun sesini soluğunu nasıl tıkayacağımı düşünmeye başlıyordum. Camlarını alnımla ısıttığım merdivenli sokaktan söz açarak beni üzmek istiyordu. "Keşke o evden kaçmasaydım!" dememi bekliyordu alçak. "Kendi sınıfımın dizinin dibinde otursaydım!" diye hıçkırmamı. İnlemeye azıcık razı olursam, ansızın koluma yapışıp fısıldayarak gizlilik kurbanı olduğuma karar verdiğini söylüyor, beni ıssız bir yerde defalarca keseceğini haykırarak tehdit ediyordu. Yüzüme acıyarak bakmasını, sonra dişlerimdeki öfke ağrılarını bahane edip kolumu bırakmasını, önemsiz bir şeyi elime tutuşturur gibi yapıp hayatımı bir kez daha bağışladığını açıklamasını hazmedemiyordum. "O koskocaman siteye dönebilmek için akşama, onun koyu gölgesine muhtaç mıyım?." diyordum. "Yüzünü gündüz ışığında görünce bedenimin isyan ettiği, titreme gibi bir şeylerin filan tuttuğu, kalbimin ciğerimle itişip kakıştığı.. O bana bakınca, soluk boruma yumruk atan birileri yok da düpedüz uyduruyor muyum?."

Ne kötü, artık cesur ve aptal olmaktan pek hoşlanmıyordum. Bu, kendi karşımda gerilemeye başladığım anlamına geliyordu herhalde. Başıma yeni bir yapma tarih belası açmaktan çekiniyordum ya da annem, o siyah Murat otomobiline atlayıp yeni bir müdahale için bizim evin yolunu tutacak diye korkuyordum. Bir an önce gitmesi için, ona duyduğum sevgiyi onaracağıma dair verdiğim söz, her geçen gün, yüreğimi daha çok sıkıştırıyordu. Çok sessiz pişmanlıkların bile ölüleri uyandırdığını bildiğimden, "İkimiz engel olunmuş bir rüyaydık anneciğim," diyemiyordum, "beni bir kez daha canavarlaştıracak gücü nasıl bulayım?." Soramıyordum, hayır.. Sık sık geçmişe yuvarlanıp renk renk intikam duygusu çıkardığımı, yıllar ve yıllar boyu boğa gibi azgın bir hırsla bu engel olunmuş rüyayı kovaladığımı biliyordum. Sevgili Başkanımız bana bakınca, soluk boruma birilerinin yumruk attığını, güpegündüz çaresizlikten uyduruyordum, ne yazık ki.. Şimdi sokaklarda kaybolmaktan vazgeçip eve dönmek, şu derme çatma anne maketini gözümün önünden kaldırmak için, zavallı, hüzünlü, bebeksi bir istek duyuyordum.

O gün eve doğru yol alırken, en karmaşık duyguları ısrarla görüntüye çeviren, elime şemalar, resimler tutuşturmaya meraklı, beynimdeki o ilkel mekanizmadan başka hiçbir şeyin kurbanı olmadığımı düşündüm; çünkü yine, ruhumdaki son kıpırtıların bana ne anlatmak istediğini kolayca açıklayabilmek için, bir saatinki gibi küçük, kendini unutturmaya mahkûm seslerle çalışmaya başladı. Bir çırpıda ebruli, bulut bir zemin yaptı. Sanki gözlerimin gerisindeki boşluğu okşamak, beni yumuşak bir fırçayla kandırmak istiyordu. – Upuzun bir şiirin kısacık romanı, onu senin için filme alacağım.. Beni küçümseyen bir sesle mırıldandı ve ebruli, bulut zeminde, sık sık rüyalarımda gördüğüm o slogan kutularına benzeyen bir şey parıldamaya başladı. Tiksintiyle bulandım, ürperdim ve yüzüm allak bullak oldu. – Belki de kalbin, o rüya nesnelerinin sende yarattığı duyguya eş bir duyguyla sarıldığı için onun bir kutuya benzediğini sandın.. Korkmamalıymışım ve kusmamalıymışım.. Yine inatla o parıldayan şeyin üstüne bitişik harflerle "Bilinç" yazdı. Kendimi tutamadım ve, "İlkelliğinle beni öldüreceksin!" diye haykırdım. Bininci kez aynı zavallılıkla göz göze getiriyordu beni. Neredeyse ağlayacaktım. Her defasında o parıldayan şeyin uzağına, buruş buruş kareli bir kâğıda çizdiği, saçma sapan hedefler gösteren şeytani bir ibrenin şemasını yapıştırıyordu. Adı intikam ibresiymiş! O sinir bozucu paslı titreşimiyle bu kez de Sevgili Başkanımızı hedef sandalyesine oturtacağı açıktı. O parıldayan şeyle ibre arasında kesik, siyah saten bir kurdele hüzünlü bükülmelerle savrulacaktı muhakkak.. O siyah kurdele öfkemi bilincime bağlayamayan on yılın bir başka dilde anlatımıymış.. Kopuk bir ara kablosuymuş anlayacağım.. Alttan alta boşa akan bir suymuş, yaşanmamışlıkmış, bozuklukmuş, sapıklıkmış... Başıma topladığım ruhlara, insanların masal gibi uçuşan düşlerinden söz edebilmem için o saten kurdeleyi, bilincimle, bozuk öfke ibrem arasındaki kesik ara kablosunu mutlaka onarmam gerekiyormuş..

Yüzüne, onu kendim için gülünç bir maket yapmış olmanın utancı ve acısıyla baktım. "Bir gün," dedim, "yolda karşıma kesik, siyah saten bir kurdele çıkarsa, iki ucunu saygıyla elime alıp hiç düşünmeden sıkıca bağlarım. Belki o zaman yan yana, güven içinde savaşmamız mümkün olur.." Benimle alay eden sesim, yine niçin bana güvenmemesi gerektiğini anlatıyordu ona. O da her cümlemi keserek, coşkuyla, benim ne kadar iyi bir savaşçı olduğumu yutturmaya çalışıyordu. Şu kurdele işini halledeymişim! Çoktan uçup gitmiş kuşların, artık silinmiş ayak izlerinin halkımızın kurtuluşu için ne kadar önemli olduğunu söyleme aptallığına düşüyordu. Kendimi ondan koruyabilmek için oluşturduğum öfkeyi, maket olmuş halini, ona sığınmamı, onu itmemi, rengimdeki kireçlenmeyi, ondan sakladığım kendimi, onu, onca yıl hiç tanımak istemeyişimi beni doğru yola getirmek için unutmaya hazırmış.. O ölmeden önce onun kulağına fısıldamış ki, beni hiç anlamamış aslında, anlamış gibi yapmış. Ama şimdi o, gerçekten de beni kurtarıp halkımıza armağan olayım diye, onun o yüce davasına emanet etmek istiyormuş.. "Anlamayacak ne varmış ki," diye mırıldandım, "zorunluluk denen lafın içindeki zorluğu ve zorlanmayı anlamayacak ne varmış ki!."

Bilincin yalnızlığını, hüzünlü parıldayışını, maketimin beni ne kadar sevmeye hazır olduğunu, yeteneksizliğimi, çirkinliğimi, korkunçluğumu, tanımadığım kendimden korkmaktan yorulduğumu, her kötülüğü yaşamaya ve yaratmaya açık olmanın çaresizliği ve dehşetiyle ürperdiğimi, onun sınıfına filan dönmeyeceğini, istese de geldiği yollardaki ayak izlerini çoktan yitirmiş olmanın kederinden öteye geçemeyeceğini, perspektiflerle, şemalarla, tanımlarla, yağmurlu bir sonbahar sabahının öncesiyle de, sonrasıyla da o rüzgârlı ülkesinin açıklanamayacağını, öfke ibresinin, bozuk hücresinin, yaşanmamışlığın, sapıklığın hep başkalarının yanılgısı olduğunu, onun kendini bana hiçbir zaman böyle anlatmadığını, o siyah saten kurdeleyi de, siyah tül peçe gibi uydurduğunu, bir haytayı, bir serseriyi, başıbozuk bir gözyaşını, hüzünlü bir çarpışmayı, kaşlarının çatışmasından doğan sancıyla kıvranmayı yaşadığını, burnunun sefil bir kalbi olduğuna çoktan inandığı için insanların mutluluk düşlerinin sorumluluğunu taşıyamayacağını ve bu sorumluluğu zaten yıllar önce iade ettiğini, asla bu kör ellerine savaş modellerinin, planlarının, yoksul insanların kaderinin ve adresinin verilmemesi gerektiğini tekrarlayıp durduğunu, başkalarının olduğu kadar kendi geleceğini de kendi ilkel öfkelerinden korumak için çırpındığını ben anladım ve onu unutmaya, onu bana unutturmak için baskı yapan dostlarım gibi kolaycacık razı olamadım. Dedim ki: Bana korku hikâyeleri anlatma ve beni inanmadığım şeyleri söylemeye zorlama. Çünkü ben çocukken annemi olduğu kadar manda yavrularını da severdim. Beni baskıyla doğru yola getirmeye çalışırsan bir adet de manda maketi yapacağımdan hiç kuşkun olmasın. Ya bana benim manda maketim olmaya razı olacak birini bul, ya da beni rahat bırak. O da bana dedi ki: Senin sorunun ne biliyor musun? Ruhunu ve beynini gözlerin yanıltıyor. Bilimsel bakmıyorsun. Yağmurun altında bilimle ıslanmak başka, bilimsiz ıslanmak başkadır. Kendine yazık etmek istiyorsan et, ama sen beni hırpalıyorsun. Şımarık bir çocuk gibi çiğneyip geçiyorsun önüme. Sana tavsiyem bilimle uğraşmandır. Aksi takdirde bunalımdan, sorumsuzluktan, siyah bilmem kaç tane ölüden, bencillikten, çarpıntılarından ve bulantılarından kurtulamazsın. Huzur onda.. Bilime inan, gülümseyerek uyuyup uyanacaksın.. İnanmazsan, dilini ve dudaklarını burjuvazi yalar, seni kullanır ve yaldızlı bir çöp tenekesini boylarsın.. Ah hiçbir şey olamazsın, biliyor musun? İntihar, senin sonun intihar.. Yani dedim ona: Bana en çok kendimi öldürmek yakışır, öyle mi?

Burjuvazinin yalayacağı dudaklarım titredi ve ağlamak istedim. Canım, Mukoşkacığım, çok soylu bir savaşçı olduğum için değil. Lanetlenmiş bir suçluyla yatağa girmek.. Aklıma lacivert ipek çarşafları getirdi.. O hep düşlediğim.. Ürperdim ve irkildim.. O sandı ki, "Ah, hayatım, hiç benim olmadın!" diyen sesim, hayatımı ondan istiyor. Yakamı, ellerimi, ayaklarımı bin yıl önce değil; on yıl önce kaybettiğimi söylüyorum ben.. Vallahi kız kardeşim, lacivert, ılık ve yumuşak hışırtılarla savrulan saçlarımı öyle çok özledim ki, eğer şu bedenimin kırık dökük parçalarını yitirmeseydim, umurumda bile olmazdı yatağa kiminle girdiğim.. Üzüldüm, o şehvet yüklü aşkın bana müjdelenişine sevinemedim diye.. Bayılmaktan yorgun düşmüş, titreşimlerinden dehşetle ürken, sahibini tanımayan tenim, ne yazık hazır değil iktidarın cinsel ortaklığına.. İşte talihsizlik diye ben buna derim.. Yine de bir bakıma doğru sandı şu benim güzel cümlemi ve

giderken küçük bir sevinç kırıntısı bırakmayı ihmal etme-
di bana, avunabilirim. Hani hayatım hiç benim olmamış ya..
Hayatımı isteyip istemeyeceğim onu nasıl kullandıklarına
bağlıydı ve o, o cümleden anlaması gerekeni anladı.

Sonra canım, –sana onun gidişini bir başka zaman daha
uzun anlatırım– bir sürü şeyi anlamayan, tahmin ettiğin gi-
bi yine ben oldum. Yanağıma usulca değdirdiği dudakları-
nın başımı niye öyle döndürdüğünü mesela.. Onunla uğur-
ladığım Sekreter Rüzgâr'ı, o saçları ıslak, şaşkın çocuğu şim-
diden özlemeye başlayışımı, içime çöken ayrılık acısının ya-
kıcılığını.. Sekreter Rüzgâr'ın ardından camlara dayanan al-
nımın hali, bana, ta yıllar önce, seninle taş merdivenli so-
kakta gençkızlığı hışırtılar ve ürpertiler içinde karşılayışımı-
zı hatırlatıyor.

Mukoşka, bana olan şey, o acınası günlerin, çaresizliğin,
duygululuğun, durgunluğun, taşkınlığın beni yeniden gör-
mesi gibi bir şey.. Beni gelip aynı zalim böceklerin gezme-
si gibi..

Değişen yüzüne, tıpkı onların baktığı gibi hayretle bakacağını haber alınca, beni çağırmadığın her yere hep nasıl bir yüzsüzlükle sızdığımı hatırlayacağını sandım. İçten içe beni her zaman görmeyi isteyeceğini düşünmek.. Bu benim ta çocukluktan bu yana en ağrılı hastalığım. Adını her şeyin dışına taşarak fısıldamayı düşlediğimi yüzlerce kez söyledim sana.. Senden yansıyan ışıkların epeski bir aşkın pırıltısını yüreğime taşıdığına sessizce inandığım için belki de.. Ama onlardan biri olarak karşına dikilince, sesini bozan bir rüzgârmışım gibi huzursuzlandın. Sanki varlığım hiç hesapta olmayan, korunamayacağın bir baskıyla yer değiştirdi. İkimiz arasında sıkışıp kaldığını anladım ve usulca sıyrılıp gitmek istedim. Sonra birden, benim adım gibi bildiğim acılarını onlarla paylaşmadığını fark ettim. Yer yer yalan söylediğini, bir sürü ayrıntıyla onları boğduğunu, duygularını onların dilinin kalıplarına döktüğünü.. Ama bizim gizli gururumuzu bize ait kılmak için çabaladığını ve bir oyunu yalnızca biz oynayalım diye sakladığını.. O ölü anneciğine, aşkın gelip seni ansızın, yeniden bildik bir tenin kokusuyla nasıl sarıp sarmaladığını müjdelemek istedim. Ayağa kalktım ve Tanrı katında bir korkağa âşık olmanın iç parçalayıcı telaşına çarptım yüreğimi, yine elimde olmadan.. Yardım eder umuduyla tavanda annenin ışıklı gölgesini aradım, rüyalarına giren çıplaklığını.. Ah kocan olmak ne korkunç bir imkânsızlıktı.. Bir kez daha kendi içime dönüp soluğumu tutunca, anladım.. İlk anda ben de tıpkı ötekiler gibi sesini fazla acımasız bulan sessiz çoğunluğa katıldım. Hem kocan, hem senin deyiminle örgütün cin dallarından birinde oturan duygulu bir şef olmanın çaresizliğini galiba, söylediğin gibi cin dalı kaybını, yalnız kalma korkusunu yaşadım. Seni dinlerken – artık *Gece Dersleri*'nin bir bölümünün önemli bir kongrede yapılmış soluk kesici bir konuşma olduğunu açıklamamın bir sakıncası yok sanırım – boynundaki damarların ağladığını görünce.. "Ne tuhaf," diyen bir sesle dokundum kendime, "bir zamanlar ben de elli bin işçinin benim olduğunu sanırdım!." Yirmi dört yaşında, koskocaman bir sendikanın tepesinden aşağılara bakıp şaşırtıcı bir büyüklenmeyle bunu böyle sanmanın, hayatımı masum bir hayat olmaktan nasıl çıkardığını önceleri pek kavrayamadım. Çünkü ben o cin dalının tepesinden aşağılara bakarken mutluydum.. Onlara anlatmadın ama, bir gece, öfkeyle o cin dalının tepesine tırmandığını, sabaha kadar benimle boğuştuktan sonra beni aşağı ittiğini ikimiz de gözlerimizle gördük. Burnundan soluyarak sizden çaldığım çığlıkları, hem de elini beline dayayarak, sınıfın adına teslim alacağını haykırdın. Aradan çok uzun zaman geçtiği ve sen de sınıf sözcüğünün karşısında durulduğun için itiraf ediyorum ki korkutucuydun. Bilmeni istiyorum, yüzlerce komik anıyı onlarla paylaşmaman beni gururlandırdı, ama yine de onları benim kadar zorlamadığın için hayıflandım. Yüzlerine yayılacak şaşkınlığı doya doya seyretmek için (sinsiliği herhalde senden öğrendim), pazar sözcüğünün, sana yalnızca semt pazarlarındaki satıcıların çığlıklarını taşıdığını, sınıf sözcüğününse, ilkokul sıralarının, o sahte, yapma odaların gürültüsünü kulağına getirdiğini ve o okuduğun koca koca kitaplara kıvranarak güldüğünü tüm delegelere söylemeliydin..

Şimdi sıra bana verdiğin o cezayı, senden çok uzakta, bir başka ülkede, bir kez daha yürek ferahlığıyla selamlamama geldi. O seni çılgına çeviren vişne renkli Japon(!) pijamamla yatağın içinde senin hışmından korkup ürpererek doğrulduğum, tek ayak üstünde beceriksiz bir cambaz gibi dikildiğim ve yüz defa, "İşçiler, bağışlayan siz olun!" diye mırıldandığım için kendime duyduğum hayranlığa.. Bu hayranlığa sınıfın adına sahip çıkmaya filan kalkışma.. Çünkü onu, bir gece yarısı, senin ve tüm yoksul insanların karşısında gülünç duruma düşmekten, rezil ve sefil olmaktan korkmadığım için.. cesarete borçluyum..

Yazarın Sekreter Rüzgâr'lı günlerine ilişkin son sayfalar bardaktan boşanan bir yağmuru gerektirdiği için sabırla sonbaharı bekledim. Güneşin kızgın ışıkları altında parlayan masmavi aynalardan ve cesaretin kudretinden söz açıp durduğu için solgun anılarımı ve soluk kesici itiraflarımı onun yazmasını istedim. Beni geri çevirmeyeceğinden o kadar emindim ki, çok iyi korunduğunu, ona ulaşmanın imkânsız olduğunu bile bile beş yıl önce bir sabah peşine düşmeye karar verdim. Gizlilik tekniğine adanmış, hayatını bu büyüleyici kaçışın ardı sıra sürüklemekten onur duyan bir bildiri yazarıydı aradığım. Onun kaleminden çıkmış sayısız bildiriden başka, el altından bizlere dağıtılan küçük, kısa hikâyelerini okumuştum ve hakkında hiçbir şey bilmiyordum. Ben daha küçük gece odasına gelmeden çok önce, kısacık bir zaman için yedi gecekondu mahallesine uğradığını duymuştum. "Genç Kız Komisyonları" dediğimiz örgütlenme ağını onun kurduğuna dair söylentiler yaygındı ama ben, o on yıl boyunca onunla hiç karşılaşmadım. Güvenini kazandığım işçi dostlarımın uzun sorgulamalardan sonra beni ona götüreceklerini haber alınca çok sevindim ve üstüme büyük bir şaşkınlıkla inen tuhaf bir mekânda onunla karşılaşma mutluluğuna eriştim. Rengârenk sokaklarına inanılmaz gürültülerin taştığı bir çingene mahallesinde saklanıyordu. Oturduğu evin kapısını şimdi niye hayal edemediğimi belki de bilmek isteyenleriniz çıkar. Kapının yerinde kim bilir hangi çingene kızının bir zamanlarki rüyası olan, ama artık iplik iplik çözülmüş ve rengi siyaha dönmüş tül bir duvak sarkıyordu.. Kapısı olmayan bir evde polisin onu bulamaması tuhaftı doğrusu.. Sonra şu rengi siyaha dönmüş tül.. Artık onun bile hatırlamak istemediği o hayat parçasını durup dururken benim niye hatırladığıma gelince: Günlerce o yıpranmış tüle dokundum ve beni dinlemesi için çırpınıp durdum. Duygularımı ve düşüncelerimi öfkeli homurtularla, ardından yetişemeyeceğim bir hızla kaleme alıyordu. Onun benden çok daha heyecanlı ve hırçın tabiatlı olduğunu anlayınca gözlerimde yaşlarla ellerine yapıştım. Yeniden durup düşünmem gerektiğini söyleyerek bana beş yıl tanıması için yalvarmaya başladım. O kadar yazılı kâğıt düşkünü bir canlıydı ki, onu durdurmam hiç de kolay olmadı. Çok ama çok fazla kavga ettik. Sonunda bir yalanı bileklerine dolayarak ellerini bağlamayı başardım. Eğer ondan istediğim beş yılı bana çok görmezse, ona gülünç, rezil edilmiş, göz yaşartıcı, âşık olan, ama beynine sarılmış sıcak bir telin, yüreğine vuran gölgesi yüzünden âşık olduğunun bir türlü farkına varamayan, biçare, hayatını hep en ürkek hayvanları sevindirmeye adamış bir kadınla, onun yüz arkadaşının başından geçenleri anlatacağıma söz verdim. O kadar çok heyecanlandı ki, bu sözü bir yıl kadar önce bir kez daha verdiğimi, ama o zaman yalnızca insanları ağlatacak, lalelerin siyahı gibi bir aşktan söz etmiş olduğumu hatırlamadı bile.. Yüzüme bakıp gülümsedi. "En ürkek hayvanları sevindiren bir âşık olacaksın ha?" dedi. "Çok hoş, çok.. Sınıfına gideme-

yen bir sorumsuzdan başka ne beklenirdi ki!." Başımı koya-
cak bir yastığım olmadığı için bana acıdığını söyledi. Sonra
da, ötekiler gibi beni kırmayı düşünmediğini açıkladı. Hat-
ta on yıl bile tanıyabilirmiş bana.. Yalnızca birkaç şey sordu.
Benim ısrarımı hoş gördü ve illegal hayatın berbat bir avun-
ma olduğunu ifade etmekten kaçınmadı. *Gece Dersleri*'nin
son sayfalarının bardaktan boşanan bir yağmuru gerektirdi-
ğini nereden biliyormuşum.. Ona Sevgili Başkanımızın yağ-
murlu bir akşam evimizden ayrıldığını söyledim. Küçücük
anılarıma böylesine bağlı olmam onu şaşırttı. "Belki de dev-
rim tanrıları, o akşam, göz denen suların içine dala dala ko-
nuşamadığımız için, bir başka suyun hışmına uğratmak is-
tediler onu. Omuzlarında bana duyduğu sevginin ve bağlılı-
ğın ağırlığıyla, gözlerinde ışıltılı taşlı gözlük, yağmurun içi-
ne dalıp kayboldu. Ağır ağır esen ve sonra ansızın şiddetle-
nen rüzgârın bir rengi varsa, o renk nasıl bir renkse işte, iki-
mizin de yüzü öyle bir renge boyandı."

Aradığım ve bulduğum bildiri yazarı birdenbire heyecan-
landı ve kulağıma kendisinin bu rengi yıllardır bildiğini, çok
eski çağlardan beri insanların, kırmızıyla sarıyı rüzgârın içi-
ne incecik, ip gibi yan yana akıta akıta elde ettiklerini filan
fısıldadı.. Ah lekesi hiç çıkmazmış.. O işte, o sonbaharmış..
Zavallı bildiri yazarı!.. Kırmızının sarıya uçuşunun hüznü
ve yumuşaklığı varmış onda.. Hem bir sürü şey daha.. Islak
ve kırık dal uçları, çamur sesi, kuyruk kıpırtısı..

Asıl onda, şu sonunda çingene çıkan illegalitenin masal
yazıcısında, insanda acıma uyandıran, şehir kenarlarının

yıpranmış ve yoksul kadınlarını hatırlatan bir şeyler vardı..
Ne yalan söylemeli, ona baktıkça gizliden gizliye hep içim
parçalandı..

Alnındaki kargacık burgacık yazıyı derin bir şefkat duya-
rak okuduğumu, onun sırrını saklayamadığım için ağladı-
ğımı biliyorum ki unutamayacağım.. – Kaçanlar çok erken
bunadılar, bir fare tekerlemesinden başka bir şey değildi ha-
yatları..

Sekreter Rüzgâr,

Beş yıl sonra yazı makinemin başına oturduğumda o ilkel siyah tuşların sesi, ilk kez kulağıma tanımadığım bir çarpıntıyla beraber çıkıp geldi. Kaçıp bir yerlere saklanmak, "Her yazar iyi bir kışkırtıcı olmalı," diyen genç bir bunak olduğumu unutup görünmez tayların bağışlayıcılığına filan sığınmak istedim. Sonra, durup dururken kendinde bir yazar ruhu keşfetmiş olmanın, o kenar mahalle kadınlarına has heyecanına kapılıp, "Herhalde," dedim, "bu itirafların iç müziği, bu tuşların sesine pek uygun düşmedi. Galiba ben, kalemin kâğıt üstündeki sessiz kıpırtısına muhtacım.." Epeyce bocaladıktan sonra, o çirkin el yazıma dönmeye karar verdim.

Fakat.. Bu dönüşün adı da korkuydu ne yazık!. O çarpıntının korku olduğunu keşfetmeseydim, gerçek bir derbederlik yaşadığım o kapısız ve duvaklı evde, yalnızca polise yakayı kaptırmamak için saklanıp durduğumu düşünecektim.. Orada, hiç ama hiç farkında olmadan, dostlarımın can acıtıcı, hep yüreğimi üzen, savruk ve öfkeli görüntülerinden uzakta kendi incinmiş sesimi dinlemeyi düşlediğimi biliyorum artık..